發條橘子

Anthony Burgess

A CLOCKWORK ORANGE

安東尼·伯吉斯——著
王之光——譯

【一本書】系列 FB0006Y

發條橘子
A Clockwork Orange

作者 安東尼・伯吉斯（Anthony Burgess）
譯者 王之光
選書主編 唐 諾
封面設計 One.10 Society

發行人 何飛鵬
出版 臉譜出版
發行 城邦文化事業股份有限公司
英屬蓋曼群島商家庭傳媒股份有限公司城邦分公司

台北市南港區昆陽街16號8樓
客服服務專線：02-25007718；25007719
24小時傳真專線：02-25001990；25001991
服務時間：週一至週五上午09:30-12:00；下午13:30-17:00
劃撥帳號：19863813 戶名：書虫股份有限公司
讀者服務信箱：service@readingclub.com.tw
城邦讀書花園網址：http://www.cite.com.tw
香港發行所 城邦（香港）出版集團有限公司
香港九龍土瓜灣土瓜灣道86號順聯工業大廈6樓A室
電話：852-25086231 傳真：852-25789337
新馬發行所 城邦（新、馬）出版集團
Cite（M）Sdn. Bhd.（458372U）
11, Jalan 30D/146, Desa Tasik, Sungai Besi,
57000 Kuala Lumpur, Malaysia
電話：603-90563833 傳真：603-90562833

三版一刷 2024年9月
ISBN 978-626-315-533-6
售價 320元

城邦讀書花園
www.cite.com.tw

選書說明

（一）【一本書】系列是讀者觀點的選書——我們最重要的原則是，這裡的每一本書都必須是選書人自己真心想看的書。我們相信閱讀的共通性、對話性本質，選書人必須回復到讀者身分、回歸最素樸的閱讀身分，才能找到閱讀的書，而不是販賣的書。

（二）【一本書】系列不是連續性的單一叢書系列，而是一本一本個別挑選的書——我們相信，讀書的人書是一本一本買的，也是一本一本讀的，我們必須配合這個閱讀本質，讓閱讀可以隨時從其中任一本書開始，並在其中任一本書完成。

（三）【一本書】系列是嘗試和當下的閱讀處境對話的選書——我們會在每一本書前的〈伴讀〉文字中說明，這本書和我們當下思維的牽扯和啟示，並揭示其中一種可能的閱讀途徑。

目次

【伴讀】

惡的魅力

唐諾

名導演庫柏力克拍過兩部很有名的電影，或正確的說，根據兩部英國小說成功拍成電影，一是克拉克的科幻名著《二〇〇一太空漫步》，另一是我們手中這部《發條橘子》，乍看之下兩部的內容、氣息和指向並不相似，但只要稍稍看下去就可發現並非出自於隨機的選擇——庫柏力克顯然對「未來」（尤其是英國人想像的未來）有著難以抑制的關切之心，當下現實邊界的超越和衝決有魅力的召喚著他，並且對烏托邦式的預期有他的憂慮，不管這些「未來」係以乍看廣漠無垠的星際之旅（可柔美的配以《藍色多瑙河》的華爾滋圓舞曲），或以某一封閉如煉獄的罪惡市街的遊蕩形式所幻想、所臆測出來，這也使他「借力使力」的拍電影方式仍顯現出自身的心志視野及其複雜性，讓他仍是一位有基本重量和性格的電影創作者。

當然，這兩部名片在台灣的命運並不相同，庫柏力克自身的「統一」被彼時台灣戒嚴冷凝的現實給割裂開來——我們比較容易看到《二〇〇一太空漫步》，因為電影裡叛變的歹人是電腦，聯想不到掌權的政府，同時叛亂所在的國度是星際太空，亦不在我們憲法堅持主張的管轄範疇之內；相形之下，《發條橘子》就刺激多了，那種雖然標示發生於未來、卻仍在我們伸手可及尋常大街的殘暴殺戮情事，彼時「管得太寬」的政府當然擔心台灣也在大街遊蕩的年輕人學壞，因此，《發條橘子》一直是部禁片，絕大多數的人只聞其名，了不起看到的就那一兩張劇照，乖戾的構圖、顏色，以及乖戾裝扮的年輕人乖戾的眼神，惡夢一般。

電影和小說的關係相當密切，但終究是兩種各自獨立的創作載體，使用不同的語言，有著不一樣的表達能耐，因此，儘管改編自小說的電影非常多，卻很少有較像回事的原小說作者對此影像成果感到滿意的，尤其愈好的原著小說愈如此。這裡，《發條橘子》的原作者安東尼．伯吉斯大概列名於最憤怒那一個層級，理由不盡然是庫柏力克的拍攝成績，更牽涉到一則罕見的出版公案。

這段極度激怒伯吉斯的往事，在本書作者的引言〈再吮發條橘子〉中講得很清楚，也罵得夠淋漓盡致——簡單講，是美國紐約的出版公司引進這部小說時要求刪去原小說結尾的第二十一章，而庫柏力克的電影又改編自這個提前到達終點的美國版本，梁子就架在這裡。

原書被刪、被改、被禁甚至被燒掉，在漫長且多不義的人類歷史中，這從來不是什麼特別的事，我們這一代人亦曾親眼瞧見，並不覺駭異，然而我們得說，《發條橘子》一書蹈大西洋到達紐約化為小一號的發條橙，好好的二十一章憑空蒸發，其實是極少見極有趣的（對不起啦，伯吉斯先生），因為美國出版公司甘犯偉大的憲法第一修正案動用剪刀，基本上不來自小說原來的結尾太血腥太罪惡不忍卒睹，有道德顧慮和社會責任云云，而是剛剛好倒過來，美國人惟恐天下不夠亂而認為原書的結尾太「軟」了，不想讓這個一心為惡的未來年輕人這麼簡單就金盆洗手改過遷善，他們要他轟轟烈烈幹下去殺下去，因此，就讓小說硬生生煞在他恢復作惡能力那最輝煌最幸福的一刻。

這個「倒置」的刪改，不但讓我們收集到一個很另類的出版案例，也多提供了我們另一個讀小說的思維入角，儘管這有點把快樂建築在伯吉斯的痛苦之上。

來自老歐洲的道德選擇

《發條橘子》出版於一九六二年年輕一代忽然叛變的奇異年代，全書工整俐落的切成三部——第一部基本上是犯罪小說，以「我」（亞歷克斯）為首的

teenage四人幫遊蕩街頭，殺人、吸毒、搶劫、輪暴樣樣都來，時間設定在未來，但大致上只對書寫者放膽想像罪惡有意義，它其實也可看成是當下現實的，是《麥田捕手》的地獄版；第二部則是二十世紀典型的反烏托邦小說，亞歷克斯在作案後遭同夥出賣被逮，政府以他為實驗對象，通過一個複雜的思想改造療程，徹底拔除他作惡的能力，讓他一起暴力或性的念頭就噁心嘔吐；第三部是現代主義意味的小說，喪失作惡能力的亞歷克斯被放回他熟悉的昔日街頭，卻發現自己成了所有人的沙袋受氣包，毫無抵抗自衛之力，他先選擇跳樓不死，遂決定「治癒」自己，讓自己能跟從前一樣殺人做愛。美國版本就戛然停在他功力恢復、可重回江湖那一刻。

至於失落的二十一章，則是又成一尾活龍的亞歷克斯，在咖啡店偶遇昔日哥兒們彼得，彼得是當年唯一沒出賣他的人，他結了婚，還帶著妻子喬治娜，這個全然新鮮的影像「忽然」打動了亞歷克斯，讓「已經十八歲」的他也想為自己找個老婆組個家庭，然後再生個年輕歲月四下闖禍作奸犯科的兒子云云。反思的語氣仍放得很硬、很乖戾，但這個無預警的一百八十度逆轉結局的確把整部書帶回成青春成長小說，一部過度誇張狂放歲月的青春成長小說，桀驁不馴只是一種年齡狀態，會不由自主的暴烈而來，也會不留痕跡的退潮而去，因此，它既是青春的一種特權，又是一場短暫且自動治癒的痲疹，這個發現讓我們安心，也讓我們願意保持寬容和無比的耐心，寬容什麼等什麼？等那些兩眼直直發亮如四下尋仇的小鬼過他十八歲（或再等兩年，二十歲）生日。

我們知道，小說寫下去總會程度不一定的掙脫書寫者的意志控制，不會百分百如作者的意，但這裡，我們先來想作者本人原來打算幹什麼——發條橘子，會刻意取這麼一個怪書名，通常說明作者是有清晰意圖的，甚至擺明了要為小說本身設定某個封閉性主題。同樣道理，作者本人愈謙卑，想整體呈現而不試圖手指某處給讀者看時，如此旗幟鮮明、重點提示的題名方式就感覺不對勁了，因此，這樣的小說通常不會有鏗鏘費解的名字，而是很平凡的、不加任何着色的，甚至大而模糊之的以小說發生的時間背景或場所背景為名，以至於我們總覺得寫小說的人「不太會為他的小說命名」。小說史上，契訶夫大概就是這種最不會為自己小說找響亮命名的人，他的小說名字總是〈福利演出場散戲以後〉、〈一個未必可靠的故事〉、〈在河上〉、〈匿名氏故事〉、〈三年〉，或直接就叫〈無題〉。

發條橘子，依據作者伯吉斯自己的解釋，是那種上了發條才會轉動的老玩具裝置，裝在看起來甜美多汁的橘子上，因此這橘子是贗品是假貨，沒自身意志，不會自行轉動云云。當然，我們所知的各國品種橘子包括英國產的，通常既沒有自身意志也不沒事自己轉動起來，因此，伯吉斯在為小說構思和命名之際，腦中大概閃過某個我們也聽過的地理學尋常描述：「地球的形狀就像一顆橘子。」（因為不純圓，而且表面有高低凸凹。）這也是賈西亞·馬奎斯的《百年孤寂》書裡第一代老阿加底奧瘋狂於天文學時的重大發現：「地球是圓的，跟橘子一樣。」

只是，當人類已在月球上建起殖民地的同時，他們還用「發條」這古老玩意兒嗎？連我們這代小孩都快不知道裝小兔子賽跑的強力電池為玩具動力來源了不是嗎？——這種極「進步」年代的比比皆是活化石存留現象，一直是幻想小說總難以避免的盲點（誰有興趣去查查看比方說《一九八四》書中有多少這種事？），它總受限於書寫當時的現實配備，無可厚非，只供我們莞爾一笑，這說明未來的不透明和人預見能力的近在咫尺，提醒我們得謙卑，為未來的諸多可能留一些必要的餘地。

好，不管怎樣，不管橘子有沒有地球的隱喻，英籍的伯吉斯通過「發條橘子」此一詭異的書名，意圖逼迫我們看到又四十年後今天仍深具意義的古老問題，那就是人的「自由意志」，尤其是其中人的「道德選擇權」的問題。尤有甚者，伯吉斯還表裡如一的在小說實質內容中，尖利的凸顯「人為惡的自由」這一側的棘手道德選擇，以乖戾不馴到準備打架的姿態，極其挑釁的書寫策略來逼問世界。

保衛人的自由，這殆無疑義，今天就連獨裁者都會說、都敷這樣牌子的面膜。但要保衛到什麼地步？人的自由意志行動可多寬？界線在哪裡？這卻是個極不易回答的問題。畢竟，就算審慎如以撒．柏林所主張自由主義不可讓渡核心的「消極自由」，為人所構築起來的最後自在空間，我們知道，它仍不是徹底封閉性的，它仍銜接並不免影響外面的公共世界（或說其他人的一個個私密空間）；它仍不是排他性的、獨占性的存在，它仍和他人的私密空間疊合且處處犬牙交錯。理論上，在此最後的「私人空間」（班雅明的用語），你樂意開心高興做什麼事不必人家管，你可以為惡、可墮落、可看電視一整天不求上進、甚至可傷害自己（比方說英國便一直存在一個主張人有權自殺的團體，寫《正午的黑暗》一書的著名小說家柯斯特勒便是其中一員，他也果真依自己信念自殺告別這個世界）。但實際上，你點起一根菸摧殘自己肺葉，仍有二手菸通過擴散作用飄出去據說一樣嚴重危害他人；你開心唱首拿波里情歌，偏偏管束不住的音波所及範圍就是有人龜毛不愛聽；你積水容器養殖出來原本只以你為食的蚊子，偶爾也飛外頭換換胃口，散布登革熱云云。

尤其當你愈來愈神經、愈來愈意識到自我及相關權利，而且擁有愈來愈多可記錄可追蹤各種細微交互作用的工具儀器如今天時，這原本就曖昧不明的人我界線就愈發劃不出來了。

如此困境，基本上還不至於讓自由的普遍信念破毀，但在現實世界的各別場域各別事物，我們卻極容易察覺這個界線不斷在後撤處處被攻穿——這個侵蝕力量一般並不正式挑戰自由的普遍信念，往往它照樣奉自由之名行動，更多的時候它根本就不上升到哲學思維論述的層次（因此，自由累積了千百年豐碩的哲學思辯遂毫無用武之地），它就一事論一事，用當下的計算取代長遠杳渺的理解，它只像善意的公共工程建設，或像個必要的醫治療程（亞歷克斯在囚獄期間就被迫如此），它剝奪的部分，認定是你人身自由非必要的那部分，甚至是不好的部分、會造成危害的部分，因此去除掉這部分就跟割除個腫瘤一樣正當而且迫切，這不僅保護了周遭可能因此受害的所有人，還慈悲的保護了不知死活的你，伴隨這個行動最常聽到的一句口號便是，「這只對那些心懷不軌的人造成損失」。

公共建設除非直接衝擊到你家，一般不大有人會有異議，因此，這樣的行動極容易得到社會正當性的確認；如果，再配合某些受害實例的展示（這種實例總難免，這是自由主義的痛處），帶點恫嚇來搖撼人們原本就有限的耐心，收效益宏，比方說，傳自美國且愈演愈烈的禁菸運動便是這樣，而更大更成功的實例可能是新加坡這個無菌企圖的城市，這都是今天我們認真在學習認真在追趕的對象。

這方面，歐洲人一直比較冷靜、比較厚實有耐心，這極可能是歷史真實經驗使然，他們和這個糾纏盤繞的麻煩自由相處最久，也為此付過最沉痛的代價（光是直接死於戰爭、屠殺、迫害的就遠遠超過一億人），因此不得不對於自由面臨滴水穿石式的浸蝕性威脅保有高度的警覺（絕非巧合，西歐國家同時也是進步社會中最不隨美式禁菸運動起舞之地，甚至還全面或有限的開放大麻，他們當然也知道其代價，但還是認為這該訴諸人的道德選擇而不是立法禁制）——早在一百五十年前，同是英國人的自由主義大師小彌爾，便堅定不受惑於某種開明專制式的善意和立即性效果，對於這種今天仍有相當多人認定是「最好政治制度」的統治方式，小彌爾質疑的不只是其長時間幾近是必然的腐化質變問題，他以為，這種社會生養不出能自我思考、肯自我承負道德責任的公民，他們將習於懶怠、懦弱，像長不大的小孩般總是把問題交給掌權者解決，這絕不是短期的那點誘人效益所可替換的。

對於今天的台灣而言，要想進一步提升道德知識水平，要想增加文化思省的厚度，要想鑄造出相應於我們經濟水準的公民社會，真的該多點歐洲，少點美國。

不容易一言蔽之的惡

如此看起來，《發條橘子》以維護人作惡的能力和自由來尖銳凸顯道德選擇的問題，的確非常刺激、非常搶眼，但對於本來就對道德自由可能代價充滿疑慮的非歐洲社會，可能不見得是好策略，就像台灣當時的政府，還來不及想先就嚇死了。

人為惡的能力和自由有什麼好保衛的呢？這裡，我們比較心平氣和來說，問題關鍵可能先在於，人的為惡能力並非有專職的器官或身體裡哪一部分負責，因此，它不真是腫瘤，可以清楚俐落的摘除了事，這是我們大體上可以首先確認的。

而惡是什麼？這是有人類以來，或至少從人類意識到自身存在開始，一路追問至今的大哉問，我們用宗教，用倫理學，用哲學、文學、社會學、政治學、人類學、歷史學等幾乎所有可能的途徑來追蹤它、發現它、攻打它，當然不是三言兩語能說清楚的，因此，這也等於告訴我們，不能瑣羅亞斯德式的大喇喇回答「惡就是惡」，有清晰辨識在身供我們一眼認出來，且歸屬於惡神所管，和善神統治的另一國涇渭分明對峙並永恆爭戰，這不必思考，只要打就行了。

惡絕不只是搶劫他人、傷害他人、強暴他人如《發條橘子》首部曲描述的那樣子而已，伯吉斯為亞歷克斯所安排的一系列惡事，壞得太單純，壞得太沒意思，壞得毫不見曖昧毫無縱深，以至於這種為惡能力的被剝奪既不讓人惋惜也難讓人同情。事實上，我相信有很多讀小說的人還會覺得這太便宜他了，這樣的惡棍人渣合當千刀萬剮，死不足惜——因此，《發條橘子》基本上比較合適當寓言來讀，很多內容細節是禁不住逐一細究的。

什麼樣的惡會讓人低迴、讓人甚至嗟嘆不忍呢？我們知道，很多所謂的惡是特定歷史特定時空的產物，它違反的並非某種普世的、共時的道德和人性，它不幸衝撞的只是它當下社會的單行法秩序、禁令、意識形態乃至於這個社會的蒙昧和集體騙局，衝撞到如柏拉圖所說「強權者的正義」。比方說，在太多特定歷史的特定時刻，你可以殺一個人殺很多人沒事，但你不可以在儀式進行中踩死一隻青蛙或面露微笑，你不可以主張地球繞著太陽轉這個事實，你不可以離群索居讓別人對你不放心不曉得你在幹什麼，你不可以竭力去阻止一場殺戮戰爭的爆發，你不可以穿錯衣服乃至於生錯長相或孕育於不應當的父母，你可以殺一個人或殺很多人不僅沒事，而且會功成名就變成受崇拜的英雄，但你不可以拒絕參與冷血殺人，否則你就是叛徒、賣國賊、漢奸、通敵罪人或賣台集團——這裡，我們用一般性的描述來列舉，而不採特定歷史個案的指涉方式，是因為這一類衝犯當下社會被判定為大奸巨猾從而粉身碎骨的事太多了，層出不窮還萬古長新，絕不是偶然，如果只是偶一為之那當然就不是什麼問題了，那就跟總有些不幸的人莫名被雷打死一樣，我們只需要瞬間的惻隱或私下為他默哀三分鐘就夠了。

某些當下的大惡，在另一個不一樣的社會、另一個時間，都可能是高貴的、和平的、正義的，甚至是「進步」的；某些當下的大惡，我們更在當下就或隱或彰的覺察到，它可能更契合我們內心底層的道德命令。

因此，追根究柢來說，不是要保衛誰誰為惡的自由，而是穿越廣漠歷史不義所艱辛學習的必要世故，讓我們不得不懷疑自己當下對曖昧善惡的分辨和判決能力，於是，在我們警覺到自己必定受制約於當下的知識限制、道德限制、和意識形態限制而不察而無從掙脫的同時，我們遂不失明智的願意為彼此保留一點迴身的空間，並慷慨的願意為此付一點可忍受的被冒犯、被侵害的受苦代價。

因此，更追根究柢且積極的來說，我們還願意承認摻雜於惡之中但難以分割的清醒力量和進步力量。進步，從另一側看便是原有秩序的修改瓦解，因而總是有程度深淺不一的暴力鋒芒，我們從歷史的進步經驗考察，絕大多數時候進步總是難以控制的，甚至根本無從預見，所以馬克思把如此不免暴烈的前進過程譬喻為「分娩」，尤其在生命要衝決而出那一階段，孕生它的社會母體總是有陣痛伴隨，重要的不是暴力（即使是馬克思，他只是認定這不可避免，因此也就不必害怕更無須諱言），而是進步的成果。暴力，在這層意義下，是這麼一股強烈的歷史元氣。

元氣淋漓的惡

所以說，惡為什麼有時會吸引我們？或說，惡為什麼堪稱恆定的持續吸引每一代相當比例的人？其間，可能有人的幽黯和人的嗜血性被撩起，也可能人類代代總有一定數量的絕望之人尖銳的希冀改變，只要改變、只要擊碎眼下的秩序，怎樣都好，所謂的「惟恐天下不亂」便是此類身處谷底之人的怨毒呼聲，因為不可能更壞了，任何改變遂都成了向上提升，就跟你站南極點上朝哪兒去都是向北一樣。然而，惡的確挾帶著某種逼人的沛然元氣，是我們在溫良恭儉讓的秩序世界久違的了；惡也多少暗示著未來之路的由此改道而行，讓在固定秩序邏輯底下已漸呈透明、漸呈已知、漸呈可推演可預見的沒意思未來重又陷入渾沌不明，讓我們的想像力活過來，可重新賦予希望，乃至於一廂情願的投注以任何不現實的、非條件的、異想天開的奢望——我們得說，即使是「正常」的人，樂意依當下的秩序循規蹈矩而行，但其間，每個人總有一些不見容於此一秩序的多餘才華被擱置，總有一些想望被剝奪，總有一些念頭被壓抑，總還有一些「很久沒做又很想做」的事懸掛在那裡像黴菌偷偷在腳趾隙縫間生長一樣。凡此種種欲求不滿，沒任何完美秩序可真正滿足它們一治而不復亂，也沒任何森嚴且高效率的秩序可真正消滅它們永絕後患，這裡，自始至終有個討價還價的不變過程暗地裡進行著，一俟秩序趨劣，不滿抬頭，惡的魅力便順應著要求改變的聲浪而跟著水漲船高起來，愈看愈覺得像一位長相可怖、但能為我方殺敵征戰的強大戰士，他猙獰的面容因為此刻朝向敵方而暫時不可怕了，只令人更熱血賁張。

而即使在秩序仍有效運作、我們也還奉公守法的風和日麗家居時刻，惡仍帶來平靜日子裡的刺激和撫慰——只要它能召之即來揮之即去，像動物園中好生關著的吃人獅子老虎，你不覺得籠子裡的猛獸永遠比那些溫馴的草食動物更有魅力、更吸引大群遊客圍觀品頭論足嗎？雙髻鯊、鯨鯊那種掠食者的游姿，也比那些給人吃的鯖魚鰹魚鯛魚都漂亮不是嗎？

白紙黑字的《發條橘子》，被好好禁錮在書籍內頁的壞小子亞歷克斯於是甚有魅力的吸引我們，在我們領受到伯吉斯要我們銘記在心的「人的道德選擇權」之前，我們先就感覺到一種淋漓而危險的元氣——就像名導演侯孝賢喜歡說的：「這個人『氣』很足。」眾所皆知的，那種壓不住的青春力量奢侈潑灑在罪惡黑街的絕望絢爛，一直也是侯孝賢電影戀戀不捨的主題。

更吸引了六〇年代當時把《發條橘子》引進美國的紐約出版者——我們曉得，六〇年代那個年頭，恰恰好是歐美社會的年輕人忽然集體衝撞資本主義秩序的時候，而且整個反叛形式又像一場青春熱情的勃發迸放，尤其紐約，這個城市一向自詡是整個美國引領風騷的進步窗口，它是二次大戰之後新的世界自由之都，也同時是普世排行首位的行惡之地，如《聖經》中的索多瑪蛾摩拉，自由和罪惡的極致在此如洋流匯合，應該不是偶然，在根源之處它們原本就是同一個東西，紐約，便是如此一朵最鮮艷最芬芳的惡之花，是波特萊爾來不及居住的新故鄉。

也就是，那個時代的紐約人，是最知道也最受誘於罪惡迷人魅力的。

這麼說，並不是要為紐約人刪除二十一章的無禮行為開脫（儘管在當時他們取得了伯吉斯本人的「勉強」同意），這只是再一次讓我們印證小說總不隨原作者全然操控的自由本質，並且彰顯出惡的單純魅力。伯吉斯想用一個疲軟無力的自我覺醒尾巴拉回它來，但在小說中，他明顯說服不了真正的亞歷克斯，而在現實世界裡，他更明顯說服不了浸泡於自由力量和罪惡力量的紐約人。

罪惡的力量遠比伯吉斯想像的要強大不聽使喚，人的自由意志困境和道德選擇代價，亦遠比伯吉斯以為的要複雜沉重，伯吉斯揭開了這個潘朵拉盒子，卻沒辦法妥善的關回它，這無可厚非，並不因此讓《發條橘子》成為無力收拾的失敗作品，這反而始料未及的引領我們走上更漫長也更質地真實的道德思維之路；這更是必然的，如果我們拉開閱讀的距離，從人類對罪惡的漫長追索歷史來看，那我們會更釋然，這伯吉斯要能簡單收拾得起來那才真見了鬼了，那才真叫世紀大奇蹟。

小說揭示問題，寫得愈好的小說揭示著愈大愈沉重的問題，也因此愈發不容易尋得撫平一切的簡單結論。我們是不是可以說，一個有自由信念的人、相信道德自由和道德責任的人，即使他這一刻只是個小說閱讀者，他應該還是不至於像個要糖吃的小孩那般，硬要一個可讓自己安心入睡的小說結尾，他總是願意承受不完滿，肯耐心和心中的疑惑周旋，以換取自身思維和抉擇的自由。

這就是《發條橘子》，有二十一章的完整版本《發條橘子》，但我們知道事情並沒因此告一段落，它才開始。

【引言】再吮發條橘子

安東尼・伯吉斯

我的中篇《發條橘子》於一九六二年初版，現在時間已過去很久了，久得足以為世界文學界所忘卻。然而，它拒絕被遺忘，這主要歸功於史丹利・庫柏力克的同名電影。我自己非常樂意與它斷絕關係，理由有許多，可惜做不到。我收到過學生的來信，說要寫論文討論它，日本的戲劇界也要求將它改編成能劇。這部作品似乎可以繼續留存，而我看重的其他作品卻一敗塗地。對於藝術家來說，這並非不尋常的經歷。拉赫瑪尼諾夫就常常抱怨，他的成名主要靠孩提時寫的升C小調前奏曲，而成熟期的作品卻從不被排入節目表。貝多芬創作G大調小步舞曲，不料結果他卻鄙視它，但孩童們反而用它來上鋼琴啟蒙課。我不得不繼續忍受《發條橘子》的流傳，這意味著我對這本書有某種著作者的責任。在美國我對它有一種特殊的責任，我最好在此加以說明之。

還是開門見山吧。《發條橘子》在美國從未全文發表過。我創作的原書分為三部，各七章。取出你的計算機一算便知，共計二十一章。二十一是人類成熟的標記，至少過去曾經是，因為人到了二十一歲便擁有選舉權，開始承擔成年人的責任。不管二十一具有什麼樣的象徵意義，我起先就是使用這個數字的。像我這樣的小說作者，都對所謂的算學感興趣，也就是在處理數字的時候，要使之對人類有某種意義。章節的數目從來都不是完全任意的。正如作曲家寫譜的時候擁有一個含糊的總體和持續度概念，小說家也擁有長度的概念，它透過作品所分章節的數目表達出來，所以二十一章對我很重要。

但對於紐約出版商來說，它們是無關緊要的。他出版的小說只有二十章，執意要砍掉第二十一章。當然，我是可以提出抗議，把書稿拿到其他地方出版，但考慮到他接受此書本身就表現出樂善好施，而紐約、波士頓的其他出版商說不定會把書稿一腳踢出。我在一九六一年的時候需要錢，即便是給我的一丁點預付款也不無小補，如果出版此書的條件就是刪節，那就刪吧。所以，英國的《發條橘子》和美國的同名薄書也就相去甚遠了。

讓我們繼續，世界其他地方是從英國訂購此書的，所以大多數外文版，當然包括法文、義大利文、西班牙文、加泰隆尼亞文、俄文、希伯來文、羅馬尼亞文、德文版，都擁有原來的二十一章。史丹利．庫柏力克拍電影的時候，儘管是在英國拍的，卻取法美國版本；對於其他國家的觀眾來說，似乎故事提前結束了。觀眾倒沒有嚷嚷著要求退票，只是納悶庫柏力克為什麼把大團圓排除在電影之外。人們寫信給我討論這一點，我的後半生確實有大量時間在複印關於創作意圖和意圖落空的聲明，而庫柏力克和紐約出版商卻厚顏地享受肆意歪曲帶來的回報。當然，人生不如意啊。

第二十一章裡發生了什麼呢？讀者現在有機會一睹真面目了。簡單說，我的惡棍主角長大了。他厭倦了暴力，承認人的能量用於創造勝過用於破壞。無謂的暴力是青春的特權，因為青少年能量充沛，卻沒有從事建設性活動的才能。其精力必須透過砸電話亭、撬火車鐵軌、偷竊並破壞汽車來發洩，當然，摧毀人命是更令人滿意的活動啦。然而，總有一天，暴力要被看做年少氣盛的產物，令人生厭，是愚昧無知者的急智。小說中的小流氓幡然醒悟，人生應該有所為——結婚生子，使世界這甜橙在上帝的手中轉動，甚至有所建樹——比如說作曲。畢竟，莫札特和孟德爾頌在十幾歲的納查奇（nadsat），即青少年時代就創作了不朽的樂曲，而我的所有人物卻在衝殺和抽送中取樂。這位長大的青年頗為羞愧地回顧自己肆意破壞的過去，他需要迥然不同的未來。

第二十章裡面並沒有暗示這種意圖變化。孩子的心理狀況被硬性調整，接著再做恢復調整，他還愉快地預見到自由暴力意志的恢復。「我真的痊癒了，」他說，美國的版本就這樣收尾了。電影也是這樣結束的。第二十一章使全書產生了真正虛構小說的品質，小說是建立在人生變遷的原則之上的藝術。除非能夠表明主角或人物有道德改造、智慧增長的可能性，創作小說其實是意義不大的。連垃圾暢銷書都能說明人們在變。如果小說不能表明變化，僅僅說明人物性格是固定、僵硬、無法洗心革面的，那就離開了小說的領域，而步入寓言或諷喻的範疇了。美國版本或電影版本的《發條橘子》是寓言，而英國或世界性版本是小說。

紐約出版商認為，我的第二十一章是見利忘義。它是道道地地的英國方式，知不知道？它溫和乏味，活像主張性本善和自由意志的貝拉基主義者（Pelagian），不願意承認人可以成為怙惡不悛的典型。他的意思是說，美國人比英國人更堅強，更能夠面對現實。他們很快就在越南面對現實了。我的書屬於甘迺迪主義，接受道德進步的概念；而實際所需要的是一部尼克森主義的書，絲毫不容納樂觀主義。讓我們由著邪惡在字裡行間活躍吧；直到最後一行，都嘲笑著一切傳統的信念，猶太人的、基督教的、回教徒的和搖喊教的，還奢談什麼人能夠改善自己呢。這種書會轟動世界的，果然如此。但我認為，這並不是對人生的公正描繪。

我這樣認為是因為按照定義，人被賦予了自由意志，可以由此來選擇善惡。只能行善或者只能作惡的人，就成了發條橘子——也就是說，他的外表是有機物，具有可愛的色彩和汁液，實際上僅僅是發條玩具，由著上帝、魔鬼或無所不能的國家（它日益取代了前兩者）操縱。徹底善與徹底惡一樣沒有人性，重要的是道德選擇權。惡必須與善共存，以便道德選擇權的行使。人生是由道德實體的尖銳對立所維持的，電視新聞講的全是這些。不幸的是，我們身上原罪深重，反而認為惡很誘人，破壞比創造更加容易，更加壯觀。我們喜歡看宇宙分崩離析的幻象，哪怕嚇得褲子拖地。在無聊的房間裡坐下來創作《莊嚴彌撒曲》、《抑鬱剖析》就無法上頭條新聞，無法成為電視的插播新聞。不幸的是，我的譏諷小書竟吸引了許多人，因為它就像一筐壞蛋，散發著原罪般的臭氣。

否認寫作此書的意圖是刺激讀者的窺惡癖好，似乎有點自命不凡或盲目樂觀。我自己繼承的原罪是健康的，這在書中體現出來了，我喜歡看別人燒殺姦淫。由於小說家與生俱來的怯懦，他才把自己不敢犯的罪惡假托到虛構人物身上。不過此書也有道德教訓在內，這就是強調道德選擇的根本重要性這一有氣無力的傳統觀念。這個教訓顯得不合時宜，為此我傾向於貶低《發條橘子》，這麼充滿說教的作品是不可能富有藝術性的。小說家的任務不是說教，而是要展示。

我展示得夠多了，但新創外語詞彙的屏障非常礙手礙腳，這又是我怯懦的表現。我使用了帶俄語意味的英語——納查奇語（Nadsat），藉以緩和色情描寫可能引起的露骨反應，它把此書變成了一場語言冒險。人們更喜歡看電影，是因為他們對小說語言望而生畏，這是正常現象。

我想沒有必要提醒讀者，書名的意義是什麼。發條橘子本身是不存在的，但老倫敦人用它做比喻。其寓意比較怪異，總是用來形容奇怪的東西。"He's as queer as a clockwork orange"（他像發條橘子一樣怪），就是指他怪異得無以復加。儘管queer一詞在限制性立法產生以前的英語裡有同性戀的涵義，此處主要不是指這個。義大利人將書名譯做《*Arancia a Orologeria*》（時鐘橘子），法國人譯做《*Orange Mécanique*》（機械橘子），所以歐洲大陸人不會理解倫敦俚語中可能有的共鳴，還以為這是定時手榴彈，是廉價的椰子炸藥。我的原意是，它代表了把機械論道德觀應用到甘甜多汁的活的機體上去。

第二十一章的讀者必須自己確定，它是增強了他們可能熟悉的小說的感染力，還是可以截去的肢體。我的本意是讓全書這樣結束，不過我的審美判斷不一定正確。作家很少能正確對待自己的作品，但批評家也是如此。彼拉多任命耶穌為猶太人國王的時候說過，「我所寫的，我已經寫上了。」我們可以毀棄已經寫下的東西，但不能推倒重寫。我漠不關心地（英國作家約翰遜博士採取此策略）把寫下的東西留給美國人口中對此在乎的億分之一的人去評判吧。可以吃掉這甜甜的橘子，也可以吐出來嘛。悉聽尊便。

一九八六年十一月

發條

Anthony
Burgess

橘子

A CLOCKWORK ORANGE

第一部

1

「接下來要玩什麼花樣呢？」

一夥人裡有我，名叫亞歷克斯[1]，另有三個哥兒們，分別是彼得、喬治和丁姆[2]，丁姆真的很笨。大家坐在柯羅瓦奶品店的店裡，議論著今晚究竟要幹些什麼。這是個既陰冷又昏暗的冬日，陰沉沉的，討厭透了；幸虧沒下雨。柯羅瓦奶品店是個奶雜店，弟兄們哪，你們可能忘了這種店鋪的模樣；如今世道變化快，大家的忘性快，報紙也不大有人看了。喏，就是除了奶製品也兼售別的貨。儘管店裡沒有賣酒的執照，但法律還沒有禁止生產某些新鮮東西，可以攙在牛奶中一起喝。例如攙上速勝、合成丸、漫色等迷幻藥，或者一兩種別的新品，讓人喝了，可帶來一刻鐘朦朧安靜的好時光，觀賞你的左腳靴子內所呈現的上帝和他的天使、聖徒，頭腦中處處有燈泡炸開。也可以喝「牛奶泡刀」，這種叫法是我們想出來的，它能使人心智敏銳，為搞骯髒的二十比一做好準備。當晚我們就喝著這玩意兒，故事就從這兒講起吧。

我們口袋裡有的是葉子[3]，實在沒有必要考慮去搶更多的花票子，在小巷裡推搡某個老傢伙，看他倒在血泊中，而我們則清點撈到手的進帳，然後四人平分；也沒有必要去店裡對瑟瑟發抖的白髮老太婆施以超級暴力，然後大笑著，捲著錢箱裡的存款揚長而去。俗話說得好，金錢不是萬能的。

我們四人穿著時髦的服裝，當時時興黑色貼體緊身服，它綴有我們稱為果凍模子的東西，附在下面胯襠部，能起保護作用，而且把它設計成各色花樣，從某個角度可以看得很清楚。當時我的胯襠是蜘蛛形的，彼得的酷似手掌，喬治的很花梢，像花朵，可憐的丁姆擁有一個土里土氣的花樣，活像小丑的花臉。丁姆待人接物沒啥主見，實實在在毫無疑問是四人中最愚笨的一個。我們的束腰夾克沒有翻領，但假肩很大，可說是對那一類真肩的一種諷刺。還有，弟兄們，我們打著米色寬領帶，花樣像用叉子扒拉出的馬鈴薯泥；頭髮倒留得不太長，靴子非常堅硬爽俐，踢起人來很帶勁。

「接下來要玩什麼花樣呢？」

1 亞歷克斯（Alex），英語的意思是大人物。
2 丁姆（Dim），英語的意思是笨頭笨腦、不引人注目的人。
3 葉子（deng），即錢的別稱。

坐在櫃檯上的小姐總共才三個，我們倒有四個男的，通常搞成一個人為眾人服務、大家為一個人服務的局面。這些小妞也打扮入時，格利佛[4]上是紫色、綠色、橘紅色假髮，每染一次的花費，看樣子不低於她們三、四個星期的工資，還要配以相應的化妝品，眼睛周圍畫著彩虹，嘴巴畫得又寬又大。她們的黑色連身裙又長又直挺，胸前別著銀質小徽章，上面標著男孩的名字：喬、萬克之類。據說那都是她們十四歲不到就睡過的男孩。她們不停往我們這邊看，我差一點想說卻沒說出口，只是從嘴角表示：我們三個該過去來一點共飲，讓可憐的丁姆留下，只要給他買半升一客的白葡萄酒就可以打發，當然這次要攙點兒合成丸進去，可是那樣就不像玩遊戲啦。丁姆醜陋不堪，人如其名，笨手笨腳，不過打起臭架來他可是個好手，使起靴子來也很靈巧。

「接下來要玩什麼花樣呢？」

三面牆邊都擺著這種又長又大的豪華座位，坐在我旁邊的一個傢伙已經爛醉如泥。他目光呆滯，口中不停念叨著：「亞里斯多德希望淡淡弄出外向仙客來花變得叉形時髦。」他確乎是入了幻境，醉得暈頭轉向，我知道那情形是什麼樣子，曾經跟別人一樣嘗試過；但這次我開始認為那樣做太窩囊，弟兄們哪。喝過莫洛可[5]之後就躺倒，心裡出現幻象，似乎周圍一切都成了往事。你的確可以看得清清楚楚，一覽無遺——有桌子、音響、燈光、男男女女——不過就是似曾相識，如今都已消失殆盡了。似乎被自己的靴子或指甲所催眠，同時又好像被人抓著頸背搖晃，像隻貓咪一樣。搖啊，搖啊，直到什麼也不剩。丟失了姓名、軀體、自我，你卻毫不在乎，等到靴子或指甲變黃，一直變黃，愈來愈黃。接著燈光開始像原子彈一樣爆裂，而靴子、指甲，或者彷彿褲子臀部上的一點泥巴變成一個很大很大很大的地方，比世界還要大，當你正要被引薦給上帝時，這一切忽然都結束了。回復到現時現地後你仍啜泣著，你的嘴落準備向嗚嗚號哭迎戰。喏，那樣很舒服，卻很窩囊。人來到世上不只是為了接觸上帝的。那種事情會把人的元氣、人的潛能統統抽乾的。

「接下來要玩什麼花樣呢？」

音響播放著，可以感覺歌手的嗓音從酒吧一端傳向另一端，直飄向天花板，再俯衝而下，在牆體間飛騰。那是伯蒂．拉斯基，沙啞地唱著一首老掉牙的舊曲，叫做〈你使我的口紅起泡〉。三個坐檯小姐之一，染綠頭髮的，伴著那所謂

---

4 格利佛（gulliver），納查奇語，即腦袋。

5 莫洛可（moloko），納查奇語，即牛奶。

的音樂把肚子一挺一收的。我可以感到莫洛可中的「刀」開始刺痛，說明我已經預備好來點二十比一了。於是，我喊道「出去！出去！」，像小狗似的叫，接著揮拳猛砸坐在我旁邊的傢伙，他爛醉如泥，念念有詞的，正好砸在耳朵孔上，但他毫無感覺，繼續念叨「電話機，當遠遠可變成咚咚鏘」。他走出幻境、酒醒之後，準會感到疼痛的。

「去哪裡？」喬治問。

「哎，不停地走，」我說，「看看有什麼事會發生，哥兒們。」

我們跑出門，融入冬夜暮色之中，沿著瑪甘尼塔大道走一程，然後轉入布斯比街，在那裡找到了我們所期望的東西，一個小小的玩笑，這晚上的生意總算開張了。有一個羸弱的老教師模樣的人，戴著眼鏡，張著嘴巴，呼吸著寒冬的空氣。他手臂下夾著書籍、破傘，正從公共圖書館那邊拐過彎來，如今去那裡的人可不多了。這年頭，天黑之後，很少看到老布爾喬亞出門，本來警力就不足，又有我們這批好小伙子神出鬼沒的，因此這位教授模樣的人，可以說是整條街上唯一的行人。於是我們走近他，必恭必敬地，我說：「借光，老兄。」

他看到我們四個那副不聲不響、禮敬有加、滿臉堆笑的樣子，便有點害怕，但他說：「哦，什麼事？」嗓門很大，像老師上課，似乎要向我們表明他並不害怕。我說：

「看到你夾著書本嘛，老兄。如今碰到有人還在看書，真是少有的開心啊。」

「噢，」他渾身顫抖著說。「是嗎？我懂了。」他輪番打量我們四個，好像自己闖入了一個笑容可掬、彬彬有禮的方陣之中。

「對，」我說。「請讓我看看夾著的是什麼書，我很感興趣的，老兄。這個世上我最最喜歡的就是一本乾淨的好書啦。」

「乾淨，」他說。「是乾淨嗎？」此刻彼得奪過這三本書，迅速傳閱開了。只有三本，我們每人看一本，丁姆除外。我拿到的那本是《晶體學基礎》，打開後我說：「很好，真高級，」繼續翻動書頁。然後我很吃驚地說：「這是什麼？這個髒詞是什麼？看到它就讓我臉紅。你讓我失望，老兄，真的。」

「可是，」他試探著，「可是……可是……」

「噢，」喬治說，「我看這裡是真正的垃圾：一個詞f開頭，一個詞c開頭。」他手裡的書是《雪花的奇蹟》。

「哎，」可憐的丁姆說，他在彼得的身後瞧，而且像平時一樣言過其實，「這裡說了他對她做了什麼，還有照片什麼的呢。嗨，你只不過是個思想骯髒的老放屁蟲。」

「像你這種年紀的老頭嘛，老兄，」我說著開始撕手裡的書本，其他人紛紛仿效，而丁姆和彼得抓著《稜面晶體系統》在拔河。老教授模樣的人開始大喊：「書不是我的，是市裡的財產，你們這樣肆無忌憚，你們在破壞公物……」他試圖把書本搶回去，這真是可憐。「應該教訓你一頓了，老兄，」我說，「沒錯的。」我手裡的這本晶體書裝訂得很結實，難以撕破，雖然很舊了，大概是講究結實耐用的時代的產物，但我還是把書頁撕開，一把一把像碩大的雪片一樣，向大聲疾呼的老頭沒頭沒腦地扔過去。其他人依樣畫葫蘆，丁姆則東舞西跳，小丑本性大暴露。「拿去，」彼得說。「玉米片做的鯖魚，給你！你這個看髒書的下流胚。」

「你這調皮搗蛋的老頭，」我說，接著我們開始戲弄他。彼得抓住他的雙手，喬治把他的嘴巴繃得大大的，丁姆把他的假牙脫下，上下顎都脫。他把假牙扔在人行道上，我照樣用靴子踩踏，可那鬼玩意兒硬得很，是某種高級樹脂新材料做的。老頭開始咕嚕咕嚕的抗議——「嗚哇哦」——喬治就鬆開繃嘴唇的手，用拳猛揍了一下沒牙齒的嘴巴，老頭頓時狠命開始呻吟。弟兄們哪，血就湧了出來，啊！真好看。我們當時把他的外套扯掉，只剩下背心和長內褲（很舊的，丁姆差一點笑掉了牙），然後彼得瀟灑地踢了他的大肚皮，我們隨後把他放了。他跌跌撞撞地起步走了，其實，這次不是什麼太狠命的推搡，他發出「哦哦哦」的聲音，不知所在，不知所以。我們吃吃地笑著，把他的口袋翻轉過來，同時丁姆舉著破傘東舞西跳。口袋裡東西不多，有幾封舊信，有的早在一九六〇年寫的，上面有「我最最親愛的」之類的廢話；還有一個鑰匙圈，一枝漏水的舊鋼筆。丁姆中止了他的「破傘舞」，當然，他得大聲念信，彷彿要告訴空蕩蕩的街道他還識幾個字似的：「我親愛的，」他朗誦道，用這種大嗓門，「你出門在外，我會思念；夜間出去，要注意冷暖。」接著他放聲大笑——「哈哈哈」——假裝用信紙去擦屁股。「好啦，」我說，「算了吧，弟兄們哪。」這老頭的褲兜裡只有很少的葉子（也就是錢），不超過三個戈里，氣得我們把亂糟糟的一把硬幣撒得到處都是，因為它和我們已經擁有的花票子相比，簡直微不足道。接著我們摔破了雨傘，撕破他的布拉提[6]，迎風撒開，也算打發了這個教師模樣的人。我們所做的確實算不了什麼，但這僅僅是今晚的開場白而已，我並不是向你或你這類的人辯解這事。此刻加料牛奶泡刀裡面的「刀」開始興風作浪了。

---

6 布拉提（platy），納查奇語，即衣服。

接下去要做善事，那是卸掉部分葉子的一種手法，以便逼迫自己更有勁頭去店裡洗劫。況且它也是預先收買人心、洗脫罪名的妙計。於是，我們進了艾米斯大道的紐約公爵店。雅座中果然有三、四個老太太，在用政府布施款喝黑啤酒。現在我們成了很好的小伙子，向大家微笑著做晚禱，可這些乾癟老太婆開始不安起來，青筋暴起的雙手端著杯子顫抖起來，把啤酒點點滴滴灑在桌子上。「別捉弄我們吧，孩子，」其中一個臉上積有千年的皺紋，她說，「我們不過是窮老太婆。」但我們只是磨磨牙齒，刷刷刷，坐下，按鈴，等待服務生過來。他來了，神情緊張地在油膩膩的圍裙上擦手，我們點了四份退伍兵——退伍兵就是蘭姆酒攙櫻桃白蘭地，當時喝它的人很多，有的人還喜歡添加少量酸橙汁，那是加拿大喝法。我對服務生說：

「給那邊的窮老太婆來點營養品。每人一客大杯蘇格蘭威士忌，再弄點東西帶走。」我把一口袋葉子都攤在桌子上，其他三人也學樣，弟兄們哪。於是，老太婆們得到了雙份的高度金酒，她們戰戰兢兢的，不知道該做什麼事，不知道該說什麼話。其中一個放出一句「謝謝小伙子」，可以想像，她們以為不吉利的事情就要發生。總之，她們每人得到一瓶洋基將軍干邑白蘭地，可以帶回家，我還出錢給她們每人訂購一打黑啤酒，第二天早上送貨上門，並讓她們把臭婆娘的家庭地址留給櫃檯。剩下的葉子嘛，我們把該店家的肉餡餅、椒鹽脆棒、奶酪小吃、炸馬鈴薯片、長條巧克力統統買下，弟兄們哪，這些也是賞給老太婆們的。接著我們說聲：「等著，一會兒回來，」老太婆們還在呢喃著：「謝謝小伙子。」「上帝保佑你們！」而我們則身無分文地出了商店。

「讓人覺得超爽快，」彼得說。可以看出，可憐的笨丁姆仍然摸不著頭腦，但他不聲不響，生怕被人稱做令人倒胃口的無腦巨人。好了，我們拐彎抹角到了艾德禮大道，只有這家菸糖商店還開著。我們已經有近三個月沒管他們了，整個街區總體上比較寧靜，所以武裝條子[7]、巡警不大來這一帶；他們這些日子主要在河北區域活動。我們蒙上面具；這是新產品，非常好用，做得很道地；它們就像是歷史人物的臉譜，購買的時候店家會告訴你面具所代表的名字。我戴迪斯雷利[8]，彼得戴貓王普里斯萊，喬治戴英王亨利八世，可憐的丁姆戴著一個詩人的面具，叫做什麼雪萊；這種面具化裝得惟妙惟肖，毛髮俱全，是用一種特種塑料

7 條子，指警探。

8 迪斯雷利（Benjamin Disraeli, 1804-1881），英國保守黨領袖，曾任首相。其政府推行殖民主義擴張政策。

製成的，而且用完後還能捲起來，塞進靴筒裡去。我們三個走了進去，彼得在外邊把風，倒不是外邊有什麼要擔心的。我們一衝進店裡，就向店主斯洛士撲去，這傢伙長得像一個大葡萄酒果凍，他一眼看出情況不妙，就直奔裡屋，裡面有電話，也許還有擦得晶亮的左輪槍，六發骯髒的子彈裝得滿滿的。丁姆如飛鳥一般快捷地繞過櫃檯，把一包包香菸撞向一大幅剪下的廣告圖樣，上面是一個乳峰高聳的小妞在宣傳新牌子的香菸，滿口大金牙向顧客閃耀著。只見布幕後有一個大球滾向裡屋，是丁姆和斯洛士你死我活地扭打成一團。接著可聽到喘氣聲、哼哼聲、踢腳聲、東西倒地聲、咒罵聲，再來就是玻璃破碎的啪啪聲。斯洛士的老婆似乎在櫃檯後呆住了，可以想見，她隨時會喊殺人啦，所以我飛快地跑到櫃檯後抓住她，她可真是一個大塊頭，渾身散發著香氣，大奶子上下跳動著。我用手捂住她的嘴，防止她喊死喊活，呼天搶地，但這母狗狠狠咬了我一口，反而輪到我狂喊一聲，然後她張開漂亮的大嘴巴，掙扎著高喊報警。嗨，我們想，她必須被秤砣好好砸一砸，接著被開箱子的鐵撬敲一敲，如此這般，紅血老朋友就流出來了。隨後我們把她放倒在地板上，把布拉提扯去取樂；輕輕一頓靴子踢打，她就止住了呻吟。看到她躺著，袒露著奶子，我就考慮要不要動歪念，但那是後來發生的事。然後我們清理收銀機，那晚上的收穫真不賴，每人拿上幾包最好的極品菸，接著揚長而去，弟兄們哪。

「真是道道地地的重磅雜種，」丁姆不斷念叨著。我不喜歡丁姆的外貌；他看來又髒又亂，就像剛打過架的人，當然他是剛打過架，但是你不應該讓人覺察出你曾這麼做。他的領帶好像有人踩過似的，面具也扯掉了，還沾上了滿臉的地板灰。所以我們把他拉進小巷，稍微整理一下，用手帕蘸唾沫擦去地板灰。這些都是我們替丁姆代勞的。我們很快就回到了紐約公爵店，根據我的手錶估計，我們離開還不到十分鐘。老太婆們還在喝我們賞的黑啤酒和蘇格蘭威士忌，我們說：「嘿嘿，姑娘們，接下來要玩什麼花樣？」她們又開始念道：「好心的小伙子；上帝保佑你們！」我們按鈴，這次來了另一個服務生，我們點了啤酒攙蘭姆酒，我們渴壞了，弟兄們哪，還買了老太婆要點的東西。然後我對老太婆們說，「我們沒有出去過，對不對？是不是一直在這兒呀？」她們都迅速領會了意思，說：

「沒錯，小伙子們。沒有離開半步。上帝保佑你們，」接著喝酒。

其實，那也沒啥關係。過了半個鐘頭才有警察活動的跡象，而且進來的只是兩個很年輕的警察，大警帽底下臉色紅紅的。一個警察問：

「你們知道今晚斯洛士小店發生的事情嗎？」

「我們？」我若無其事地說。「怎麼？發生什麼事啦？」

「偷盜、動粗。兩個人送了醫院。你們這夥人今晚去哪裡啦？」

「我不喜歡挑釁的口氣，」我說。「我不在乎話裡有話，惡狠狠的。這是他媽的多疑本性，我的小老弟。」

「他們整個晚上都在這裡，小伙子們，」老太婆們開始咋呼。「上帝保佑他們，這些孩子善良、大方。他們一直待在這裡的。我們沒看見他們走動過。」

「我們只是問問，」另一個小條子說。「大家都一樣，是當差的嘛。」但他們離開前狠狠瞪了我們一眼，我們隨後報之以唇樂：噗噗噗什。不過，對這些天的進展，我本人不由自主地覺得很不過癮。沒有動真個的幹架。一切都像拍我的馬屁一樣輕而易舉。話說回來，這夜色還早著呢。

2

我們出了紐約公爵店門，發現燈火通明的主櫃檯的長櫥窗邊，靠著一個哼哼唧唧的老醉鬼。他乾嚎著老一輩們唱爛了的歌，還夾著噗咯噗咯的過門，彷彿臭肚子裡裝著一個髒樂隊。我所忍受不了的就是這東西，不能容忍一個又髒又醉的人邊唱還邊打飽嗝；不論年紀大小，但碰到這樣的老老頭尤其噁心。他好像平貼在牆上，身上的布拉提真敗壞風氣，綹巴巴的，淨是屎尿泥巴什麼的。於是我們抓住他，好好揍了他一頓，可他還是唱個不停。歌詞是：

我要回到親愛的身邊，
當你，親愛的，離開以後。

當丁姆對著醉鬼的髒嘴打了幾拳之後，他不唱了，大喊：「接著打，幹掉我，你這雜種窩囊廢，反正我不想活了，這樣的臭世界沒意思。」我讓丁姆停一下，因為聽聽這種老朽物談人生、談世界，會引起我的興趣。我說：「哦，臭在哪裡呀？」

他嚷道：「臭就臭在這世界允許以小整老，就像你們這樣，沒大沒小，無法無天。」他大聲疾呼，揮舞手臂，遣詞造句十分了得；只是肚子裡冒出來噗咯噗咯的怪聲，就像裡面有什麼東西在旋轉，或者像某個魯莽的傢伙發出聲音想要打斷他，所以這老頭不斷用拳頭加以威脅，喝道：「如今不是老人的世界啦，也就意味著我一點也不怕你了，老兄，因為我已經醉得你打我我都不覺得疼，你殺我我都樂於死。」我們大笑，獰笑而不說話。他就說：「如今究竟是什麼樣的世界呢？人類登月，人繞著地球轉，就像飛蛾繞著燈火打轉，再也不去關心地球上的法律秩序。惡事乾脆做絕吧，你們這些骯髒窩囊的流氓。」隨後他給我們一些唇樂——「噗噗噗什」，就像我們對待條子那樣，接著他又唱開了：

親愛親愛的國土啊，曾為汝玩命
莫定汝和平勝利——

於是我們痛快地揍他，滿臉堆笑；他還是繼續唱。接著我們絆倒他，他沉甸甸地倒下，噗噗地嘔出一桶啤酒。那樣子真噁心，所以我們改用靴子伺候他，一人一腳，接下去老頭髒嘴裡吐出的就不是歌曲或啤酒了，而是鮮血。我們隨即離去了。

在市政府發電廠附近，我們碰到了比利仔和五個哥兒們。弟兄們哪，這年頭，拉幫結夥大都為四、五個人，就像汽車幫，四個人坐起汽車來正舒服，六個是幫派的上限。有時幫派間可以糾集起來，組成小部隊，打夜間群架，但一般最好是像這樣的小股人馬出動。比利仔是個令人作嘔的東西，他有著似胖似腫的笑臉，始終散發著反覆煎炸的回鍋油那種哈拉味道，哪怕他穿著最好的布拉提，比如今天的穿著那樣。他們也同時看到了我們，接著是一陣非常安靜的相互打量。這次是真個的，這次是正規的；有刀子，有鏈子，有剃刀，不僅僅是拳頭加靴子。比利仔一夥停下了他們正在做的事，也就是正準備對在那兒截住的一個淚汪汪的小姑娘動手，她才十歲不到，大聲尖叫著，但布拉提還沒撕脫，比利仔和他的頭號手下雷歐各抓住她的一隻手。他們可能正在完成行動前的髒話部分，然後再搞點兒超級暴力。看到我們走近，他們放掉了嗚嗚哭泣的小妞，反正她所在的地方這種小妞多得是，她提起細長的白腿在黑夜裡閃動，邊跑邊「噢噢噢」地叫。我咧嘴笑著，很夠哥兒們：「嗬，這不是中毒的又臭又胖的比利淫蕩山羊——比利仔嗎。你好嗎？你這瓶臭炸馬鈴薯回鍋油。把卵袋送過來吃一腳吧，如果你有卵袋的話，你這太監胚子。」隨後我們就動起手來了。

我已經說過，我們是四比六，但可憐的丁姆儘管人笨一些，在瘋狂惡戰中足以一個頂三個。他腰間藏著一長條亮晃晃的鏈子，繞了兩圈，一解開就可舞動起來，煞是好看。彼得和喬治的刀子也很鋒利。而我呢，有一把上好的日式直柄剃刀，揮動起來閃閃發亮，頗有藝術美感。我們兩夥人在黑夜裡狠鬥，已經有人登上的月球剛剛升起，星光劃破黑暗，就像急於參戰的刀子那樣閃亮閃亮。我用剃刀正好劃破了比利仔手下布拉提的前襬，非常非常乾淨俐落，絲毫沒有碰到肉。這個傢伙打著打著驟然發現自己就像豆莢一樣爆開了，肚皮赤露，可憐的卵袋也給人看到了，他就方寸大亂，邊招手邊尖叫，防守顯然疏漏起來。丁姆趁機揮著鏈子呼嘯蛇行，一下子就擊中他的眼睛。比利仔的這個哥兒們搖搖擺擺地跑開了，嚎叫得死去活來。我們幹得不錯，不久就把比利仔的頭號手下踩在腳下，他被丁姆的鏈子打瞎了眼睛，就像野獸一樣亂爬亂叫，讓一隻漂亮的靴子踏著格利佛，他出局出局出局了。

我們四人中，丁姆跟往常一樣，面目搞得最狼狽，你看他臉上鮮血橫流，布拉提髒兮兮的一團糟，而其他人仍然鎮定自若，未傷皮毛。現在我要直取臭比利仔的胖頭，我舉著直柄剃刀舞來舞去，活像剃頭匠登上了劈波斬浪的船頭，想要在不乾不淨的油臉上砍幾刀漂亮的。對方也拿著刀子，是一把長柄彈簧折刀，但動作未免太慢太笨拙了，在格鬥中無法真正傷人。弟兄們哪，足踏圓舞曲——左二三，右二三——破左臉，割右臉，每一刀都令我陶醉愜意，結果造成兩道血流同時掛下來，在冬夜星光的映照下，油膩膩的胖羊鼻子的兩邊各一道。鮮血就像紅帘子般淌下來，但看起來比利仔絲毫未察覺，他就像骯髒的胖胖熊繼續跌來撞去，掙扎著拿刀子捅向我。

這時我們聽到警車聲，知道條子到了，手槍上膛，從警車車窗口伸出來。無疑是那個哭泣的小妞報的警，報警箱就在發電廠後面不遠的地方。「很快就搞定你，沒問題，」我喊道。「臭比利羊，我會漂漂亮亮地把你的卵袋割下來。」他們慢騰騰喘著粗氣，朝北向河邊逃去了，只留下頭號手下雷歐躺在地上喘氣，我們就向相反方向跑去。下一個拐彎處正好有一條小巷，黑糊糊空無一人，兩頭都相通，我們在裡面歇腳，呼吸從快到慢，最後變得正常。小巷兩邊是公寓樓房，令人彷彿身處兩座高不可攀的大山之麓，公寓的窗戶中都可以看到藍光跳動。這就是電視啦，今晚有所謂的全球轉播，世界上所有的人，主要是中產階級的中年人吧，打開電視都能看到同一個節目。有某個傻乎乎的著名喜劇大演員或黑人歌手出場，都是透過外太空的轉播衛星反射回來的。我們喘著氣等候，聽到警車向東開，我們便知道沒事了。可憐的丁姆不時抬頭看星星，看月球，嘴巴張開，就像從沒看到過這些東西的小孩子，他問道：

「不知道它們上面有什麼。在那些東西上會發生什麼事呢？」

我猛地推推他說：「呵，你這個笨雜種，別想它們上面的事了。那裡很可能像這裡一樣有生命，有人挨刀子，有人捅刀子。趁現在夜色還早，我們上路吧，弟兄們哪。」其他人哈哈一笑置之，但可憐的丁姆一本正經地看看我，接著又抬頭看星星，看月球。我們向小巷那頭走去，全球轉播在兩邊放著藍光。現在我們就缺一輛汽車，所以走出小巷後我們往左拐，一看到那古代詩人的銅像就知道是到了普里斯特利[9]廣場，詩人的上唇像類人猿，垂下的老嘴裡含著菸斗。我們朝北來到了骯髒的舊電影場，因為很少有人光顧，外牆正在剝落傾頹，只有像我這樣的年輕人和哥兒們倒常去，僅僅為了叫喊一陣，挖磚刨牆，要不就是在黑暗中與小妞來點抽送抽送的勾當。電影場正面有扔爛泥巴造成的斑斑點點，從上頭的海報上，可以看到常見的牛仔狂歡場面，天使長們站在美國馬館一邊，向地獄戰鬥隊派出的盜馬賊開槍，這種土玩意兒是當初由國家電影公司推出的。電影場旁邊停放的汽車沒什麼高檔的，大多數是破爛的老爺車，但有一輛八成新的杜蘭哥九五型，我看可以行駛。喬治的鑰匙圈上別有所謂的萬能鑰匙，我們很快上了車，丁姆和彼得坐後座，氣派地猛抽致癌品。我點火發動，馬達很動聽地轟鳴著，一種溫暖震動的好感覺在整個肺腑中隆隆作響。接著我踩下油門，很舒服地倒車，周圍沒有人看到我們把汽車開走。

我們在人們稱為偏僻地區的地段盤桓周旋，嚇唬穿過馬路的老人和婦女，或者扭來扭去，追趕貓啊狗啊。然後我們往西邊飆車，路上車輛不多，我踩足油門，簡直快把車底板踩破了，杜蘭哥九五型就像吃麵條一樣吞噬著馬路。很快看到了冬日的一片樹林，黑糊糊的；弟兄們哪，那可是鄉下的黑暗喲。有一次，我壓到一個大傢伙，車頭燈光中只見一張嚎叫的滿口牙齒的大嘴，它尖叫著嘎喳一聲撲倒，後座上的丁姆「哈哈哈」大笑，差一點笑掉大牙。接著，我們看到一個小伙子帶著小妞，在樹下面辦那檔子男女之事，所以我們停下來為他們喝采，然後不帶勁地推搡了他倆幾下，把他們打哭後，我們繼續上路。接下來要尋求的是老套，當不速之客。那實在是夠刺激的，可向超級暴力者提供充實的笑料和大打出手的機會。我們終於來到一個村落，村外有一幢獨門獨戶的小屋，還有一小塊花園。月亮現在已經高高升起，我駕車慢慢減速，煞車後，可以清清楚楚地看見這幢小屋。另外三個人發狂似地格格笑個不停，但見大門上寫著的大字是「家」，一個傻乎乎的名字。我下了汽車，命令手下不許笑，嚴肅點，然後我打開小小的大門，走向前門。我文質彬彬地敲門，沒人來，我又敲了一下，就聽見有人來了，接著是拉門閂，門打開了約莫一寸，可以看到一隻眼睛在觀察我，門上有鏈條拉著。「哎，是誰呀？」是小妞的聲音，聽音色是年輕姑娘，我就用紳士的措辭，以非常優雅的口吻說：

9 普里斯特利（John Boynton Priestley, 1894-1984），英國詩人、小說家、劇作家。

「對不起，夫人，很抱歉打攪您，我朋友和我是出來散步的，不料朋友突然間發病，很麻煩，他在外邊路上，人事不省，呻吟不止。請問，您能否發發慈悲，讓我借個電話叫救護車？」

「我們沒裝電話，」這小妞說，「對不起，沒有電話，到別處去打吧。」我聽到小屋裡面傳來「啪嗒啪嗒啪嗒啪嗒」的聲音，有人在打字呢，這時打字停止了，這人的聲音喊：「什麼事，親愛的？」

「唉，」我說，「您能否發發慈悲，請他喝杯水呢？您看，他好像昏厥了，想必是頭暈病發作了。」

小妞猶豫了一下說：「等等，」接著她走開了，三個手下都已悄悄下車，偷偷摸近小屋，且已經戴上了面具。此刻我也戴上了面具，以後的事就易如反掌了。我伸手鬆開了鎖鏈條。由於我用紳士的措辭軟化了小妞的警惕性，她沒有照常規把門關死。我們可是夜闖民宅的陌生人哪。我們四個人一哄而入，丁姆照例裝瘋賣傻，跳上蹦下，高唱淫詞濫調。我要說明，這小屋裡邊可是挺優雅的房間呢。眾人大笑著進入了點燈的房間，只見小妞退縮著，這個年輕漂亮的小妞擁有一雙真正的乳峰。旁邊的人是她的男人，比較年輕，戴著角質邊眼鏡，桌上有一架打字機，各種文件隨處散布，但有一小沓紙頭，想必是他剛剛打好的，所以這裡又有了個聰明模樣的讀書人，很像幾個小時前糊弄過的那個，不過此人是作者，不是讀者。只聽他說：

「這是做什麼？你們是什麼人？怎敢不經許可就闖進我家呢？」他的聲音一直在顫抖，手也是。我說道：

「別害怕。如果你心中恐懼，老兄，趕快祈禱把它忘卻吧。」接著喬治和彼得去找廚房，丁姆站在我身邊待命，嘴巴張得大大的。「這是幹啥的呢？」我從桌上拿起那沓打字紙，戴角質邊眼鏡的人戰戰兢兢地說：

「這正是我要知道的。這是做什麼？你們要什麼呢？立刻滾出去，免得我攆你們走。」戴雪萊面具的傻丁姆聽罷哈哈大笑，就像野獸的吼叫。

「是書啊？」我說道。「你正在寫的是書啊？」我把嗓音弄得很沙啞。「我對會寫書的人始終十二萬分地欽佩。」我看了看最上頭的一頁，上面有書名《發條橘子》，然後說：「這書名頗為傻氣。誰聽說過上了發條的橘子？」接著我以牧師佈道式高亢的嗓音朗讀了片段：「——硬是強迫生機勃勃、善於分泌甜味的人類，擠出最後一輪的橙汁，供給留著鬍子的上帝嘴唇，喂，你聽聽，生搬硬套只適於機械裝置的定律和條件，對此我要口誅筆伐——」丁姆聽著又發出了唇樂，我也忍不住笑了。於是我撕破紙頭，把碎片撒在地板上。戴眼鏡的作家非常惱火，他緊咬牙關向我衝過來，露出黃板牙，把利爪般的指甲戳過來。這就是丁姆的行動信號，他獰笑著呃呃啊啊地直撲這傢伙顫抖的嘴巴；啪啪，先是左拳，再來是右拳，是我們親愛的老哥兒們的紅色——是桶裝紅葡萄酒，隨要隨放，處處質地相同，就像同一個大公司出產的——流了出來，沾污了乾淨的地毯，染紅了我仍在拚命撕開的書本的碎片，撕啊撕。整個過程中，那小妞——他忠誠的愛妻，都呆若木雞地站在壁爐邊上，此刻她發出一絲絲尖叫，像是和著丁姆的老拳所發出的節奏，這時，喬治和彼得從廚房出來了，他們同時在大聲咀嚼，儘管還戴著面具，戴面具吃東西是沒問題的，喬治一手抓著一隻冷腿，一手拿著半條麵包，上面塗著大塊黃油；彼得手拿口吐白沫的啤酒瓶，還有滿滿一大把葡萄乾蛋糕。他們喊著哧哧哧，看丁姆跳來舞去，揍那個作家；作家開始大聲疾呼，好像畢生的心血都被毀掉了，張開血盆大口嚎啕著，但回答他的是滿嘴食物的哧——哧——哧，可以看見他們吃著的碎塊。我不喜歡那樣，覺得口水橫流髒兮兮的，於是我訓斥道：

「把東西吐掉。我不准你們這樣做。快抓住這傢伙，讓他看個清楚，不許他逃跑。」於是他們取下嘴裡的肥肉，放在桌上飛揚的紙堆裡，撞向作家，這小子的角質眼鏡被撞破了，但還懸掛著，那丁姆還在跳舞，震得壁爐台上的擺設晃盪不停，我把它們統統擼下地去，它們就再也晃盪不成了，小老弟。他繼續戲弄《發條橘子》的作者，搞得他面孔紅得發紫，像某種特殊的多汁水果。「好啦，丁姆，」我說。「現在打發另一個啦，上帝保佑大夥兒。」他對小妞行大力士禮，把她的雙手反扣在背後，那小妞始終以優美的每小節四拍的節奏尖叫尖叫尖叫著。我隨即撕破這個，撕破那個，撕破別的，另外兩個人繼續喊喃喃喃，那真是一對上乘的好奶子，還展示出她們嫩紅的眼睛，弟兄們哪。我脫掉褲子，著手衝刺。我一衝刺，隨即聽到慘厲的喊叫聲，喬治和彼得押著的作家淌血貨狂叫著，差一點掙脫，罵出骯髒不堪的詈詞碎語，有的我聽過，有的是他自創的。在我後面理當輪到丁姆，他野獸般地哼哧嗥叫著，而雪萊面具依然是那般不動聲色，我則抓住她。接著換人，丁姆和我押住淌口水的作家，他已經無力掙扎，只是像在奶品店入了幻境似的，說些無精打采的話，任彼得和喬治去幹他們的事。此後頗為安靜，我們憤恨不已，便去砸剩下沒砸的東西——打字機、電燈、椅子。丁姆老毛病復發，打水撲滅了壁爐，正打算在地毯上拉屎，草紙多得很，但我加以喝止。「出去出去出去，」我咆哮道。作家夫婦已經人事不省，皮破血流，呻吟不息，但死不了。

我們跳上久候的汽車，我身體感到有點疲乏，就讓喬治駕駛；我們一路輾過尖叫著的怪物，回到了城裡。

3

我們向城裡駛去，弟兄們哪，可就在城外，離人們叫做工業運河的不遠處，我們看到油箱指針塌下了，好似我們下半身的哈哈哈指針，汽車在吭哧吭哧吭哧地抗議。不過，不要著急，因為鄰近的火車站月台上藍燈閃爍，一亮一暗，一暗一亮。問題是，要麼把汽車拋下，讓警察拉走，要麼讓我們的仇恨凶殺心理占上風，把它精采地推下河去，在夜晚逝去前來一個漂亮的撲通大水漂。我們商定搞第二方案；我們下了車，鬆開煞車，四個人把汽車推到河邊，河水髒極了，活像糖蜜加人糞拌出來的，接著奮力一推，車子就下去了。我們得快步奔開，免得髒污泥水濺到布拉提；車子撲通撲通沉下去，那副樣子真好看。「告辭了，老哥兒們，」喬治喊道，丁姆則報之以小丑般的傻笑——「哈哈哈哈。」隨後我們直奔火車站，坐一站去市心，那是對城市中央的稱呼。我們規規矩矩地買好票，像紳士一樣安靜地等在月台上，丁姆正在把玩投幣販賣機，他口袋裡小分幣多得很，必要時準備向窮人、沒飯吃的人分發巧克力條，可惜周圍沒有這種人；蒸汽快車隆隆進站了，我們登上車，裡面空蕩蕩的。為了消磨三分鐘的旅行，我們玩弄著人們所謂的椅墊，把座位的填充物好好扯拉出來，丁姆用鏈子打著窗戶，直到玻璃裂開，閃爍著寒光。大家都感到疲憊不堪，很煩躁，整個夜晚支出了些許能量嘛。只有丁姆，就是那種扮丑角的野獸，能夠樂此不疲，但他全身骯髒，汗臭逼人，這是我看不慣丁姆的地方。

我們在市心站下車，慢慢走回柯羅瓦奶品店，大家都有點搖搖擺擺的，向月亮、星星、燈光展示著我們的背脊內容，因為我們尚處於生長期，白天還要上學。當我們走進店裡，發現比剛才離開時還要擠，那個念念有詞的傢伙，靠吃白粉、合成丸什麼入幻境的，還在念叨著，什麼「頑童死拋喂嗬嗬滑出柏拉圖式時間天氣抱」。也許這已是他當晚喝的第三、第四份了，因為他臉色蒼白，不像個人樣，儼然成了沒有生命的物件，面孔活像用石膏雕出來似的。其實，如果他喝那麼多，打算入幻境這麼久，早該進後面的包廂裡去，而不是待在店裡丟人現眼。這裡會有人戲弄他一下子，當然也不會太過分，因為奶品店內養著強壯的彪形大漢服務生，可以制止任何騷亂。不管怎樣，丁姆已經擠到這傢伙旁邊，小丑式的大嘴巴一喊，露出倒掛葡萄，他用骯髒的大鞋踩了這傢伙的腳，但這傢伙絲毫沒聽見，看來此人的靈魂已全部凌駕於軀體之上了。

大多數客人是正在喝牛奶、可樂，四處尋開心的納查奇（我們習慣管青少年叫納查奇），但也有幾個老一點的，男女都有，在吧台邊嬉戲說笑，沒有布爾喬亞，他們是從不會到這種地方來的。從他們的髮型和寬鬆的布拉提（大都為起毛球的大毛衣）可以判斷他們剛在隔街的電視廣播室排演過。其中姑娘們的臉蛋神氣活現，大嘴巴紅彤彤的，齜牙咧嘴、旁若無人地大笑，絲毫不在乎周圍的世界充滿了邪惡。此刻唱片聲戛然而止（是俄國貓強尼．齊瓦戈唱的〈僅僅每隔一天〉），在換歌的短暫安靜中，一個姑娘──年近四十了，非常漂亮，紅色大嘴巴微笑著──突然放開歌喉，只唱了一兩個小節，彷彿提示一下他們剛才的談論內容。就在那時刻，弟兄們哪，活像某隻大鳥飛進了奶品店，我全身的汗毛都倒豎起來，冷顫就像慢慢爬動的小蜥蜴，上來又下去。因為我懂得她唱的東西，那是費里德里克．吉特芬斯特所作的歌劇《床上用品》，是她喉嚨被割、快死去的那段，歌詞是「也許最好像這樣」。反正我打了個冷顫。

丁姆一聽到這歌聲，便像啪地擲在餐盤上的滾燙的肉，使出下流動作，先是口哨，再是狗嗥，接著是兩指刺天兩次，最後是小丑般的狂笑。我聽到、看到丁姆撒野，感到渾身發燒，熱血沸騰，就喊道：「狗雜種。骯髒、不懂規矩的雜種。」我繞過隔在中間的喬治，快速出拳，揍了胡鬧的丁姆一嘴巴。丁姆吃了一驚，嘴巴大張，用手擦了擦唇上的血，驚奇地輪番看著流出的血和我。「你打我做什麼？」他笨拙地問。四周沒幾個人看見我出手，即使看見，也並不在乎。立體音響又響了，播送著很噁心的電吉他曲。我說道：

「沒禮貌的東西，一點也不懂得公共場所的規矩，兄弟呀。」

丁姆換上土里土氣的邪惡臉色說：「那我不喜歡你剛才打人。我不再是你的兄弟啦，也不想做兄弟啦。」他從口袋裡掏出沾滿鼻涕的大手帕，困惑地擦著血，皺著眉頭端詳著，好像認為流血是別人的事，而不是他的。當那姑娘唱出樂曲時，丁姆彷彿是靠歌頌流血來彌補自己的下流動作。但那姑娘現在與哥兒們一起在吧台邊哈哈哈大笑，紅嘴巴翻動，牙齒閃爍，並沒有注意到丁姆撒野。丁姆所作踐的其實是我啊。我說：

「假如你不喜歡這個，不想要那個，你是知道怎麼辦的，小老弟。」喬治以一種尖刻得令我側目的語調說：

「好啦，我們不要衝動嘛。」

「那完全要看丁姆啦，」我說。「丁姆不能一輩子當小孩子。」我逼視著喬治。流血已經趨緩了，丁姆說：

「他憑什麼天生權利，認為他可以下命令，而且隨意打我？去他的卵袋吧，一眨眼鏈子就可以把他的眼睛掏出來。」

「看著，」我盡量放低聲音說；我們當時處在音響滿牆滿天花板亂撞、丁姆身後的入幻境者愈來愈響亮地呢喃著「近點閃光，超優者」的嘈雜環境中。「看著哪，丁姆啊，如果你還想活下去。」

「卵袋，」丁姆冷笑著說，「去你的大卵袋包。你打人，你沒有權利這麼做。我可以隨時用鏈子、刀子、剃刀會會你的，不吃你無緣無故打我這一套，理所當然我不吃你這一套。」

「刀子對挑，好！隨你定個時間，」我厲聲回答。彼得說：

「好啦，別這樣，你們兩個。我們不是哥兒們嗎？哥兒們這樣做是不對的。看，那邊有個嚼舌根的傢伙在嘲笑咱們呢，像是別有用心的呢。我們不要自己跟自己過不去啊。」

我說，「丁姆得了解自己所處的地位。對不？」

「等等，」喬治說。「這地位是什麼意思？這是我第一次聽說人們要了解自己的地位。」

彼得說：「如果事實如我們所知道的，亞歷克斯，你不該沒來由打丁姆一下的。我只講一遍。聽我慎重地說，假使我吃了你的拳頭，你得交代清楚。我不說了。」他把面孔埋到奶杯裡去。

我感到內心很煩亂，但還想加以掩飾，便平靜地說：「總得有人領導吧。紀律是不能少的。對不？」他們都不說話，連頭也不點。我內心更加煩亂了，外表卻更加平靜，我說，「我已經帶頭很久了。我們都是哥兒們，但總得有人帶頭的。對不？對不？」他們都點點頭，小心翼翼的。丁姆正在把最後一點血跡擦去。現在是丁姆說話了：

「對，對。杜比杜布。也許有點累，大家都是。最好不要說了。」我一驚，聽到丁姆說話這麼明智，就令人有點害怕。丁姆說：「現在睡覺是上策，我們最好回家。對不？」我非常吃驚。另外兩個人點點頭說，對對對。我說：

「你對嘴巴上挨的那拳要理解，丁姆。那是音樂造成的，知道吧。好像是有人干擾小妞唱歌的時候我發怒了。就是那樣。」

「最好我們回家，睡一會兒，」丁姆說。「對於正在成長的男孩子，晚上玩得夠久了。對不？」對對，另外兩個人點頭。我說：

「我想我們最好回家吧。丁姆的主意太棒了。如果我們白天碰不到，弟兄們哪，好吧——明天老時間老地方？」

「好的，」喬治說。「我想可以那樣安排。」

丁姆說，「我可能會稍微晚到一步。明天當然是在老地方，差不多老時間吧。」他還在拚命擦嘴唇，但現在已經不流血了。「還有，希望這裡不要再有小妞唱歌了。」然後，他發出丁姆式傻笑，小丑般的大笑，哈哈哈——哈哈。他似乎愚笨得無法大受傷害。

我們分頭離開了，我喝過冰可樂，正在呃得呃得地打嗝。我檢查了藏匿的長柄剃刀，以防比利仔一夥有人在公寓街區附近等候，或者偶爾發生混戰的什麼集團、幫派、歹徒從天而降。我和爹媽住在市政公寓一八A棟，在金斯利大道和威爾遜路之間。我沒費事就來到大門口，雖然路上橫過一個在排水溝裡爬動、嚎叫呻吟著、身上被砍得一刀一刀的小傢伙，我還在路燈下看見東一攤血跡、西一汪血水，弟兄們哪，活像當晚胡耍後留下的簽名。就在一八A棟旁，我看見一條姑娘的內褲，無疑是在激烈的場面中硬扯下來的，弟兄們哪。進去吧。在走廊的牆上，貼有高尚的公益畫——男女青年體格健全，表情嚴肅，發育良好的軀體一絲不掛，在作業台和機器旁工作著，體現了勞動的尊嚴。當然啦，本棟樓某些好事青年不免要用隨身攜帶的鉛筆、圓珠筆，在大畫上修飾加工一番，添上毛髮、肉棒，讓裸體男女有格調的嘴巴放出氣球輪廓，裡面寫滿淫詞濫調。我走到電梯前，根本不需要摁按鈕來判定它是否在運行，因為今晚電梯顯然被有模有樣地踹過，金屬門癟掉了，真是少有的大力士的舉動，所以得爬十層樓梯了。我一路咒罵，氣喘吁吁地爬樓梯，就算頭腦不那麼疲倦，精力總是盡了。今晚我十分渴望聽音樂，奶品店裡姑娘的高唱也許點化了我。弟兄們哪，在夢鄉的邊界把護照蓋印，木欄升起接納我之前，我還要飽餐一頓音樂宴席呢。

我用小鑰匙打開一〇八號的門，我們的小寓所內一片靜寂，P和M[10]都已深入夢鄉。媽媽在桌上留了一點晚飯——幾片罐頭海綿布丁，一兩片塗黃油的麵包，一杯冰冷的牛奶。嗬嗬嗬，冷奶沒有攙過刀、合成丸、漫色之類的迷幻藥。弟兄們哪，無辜的牛奶現在對我來說總是邪惡的。不過我還是嘟噥著吃了喝了，肚子比起初預想的還要餓，我另外從食品架上拿了水果餡餅，剝下幾大塊填進饞嘴。然後我潔齒、咂舌，用舌頭把嘴巴弄乾淨，接著進了我的小房間，脫去布拉提。這裡有我的床鋪和音響，是我人生的驕傲，我的唱片放在櫥子裡，牆上貼著各種旗幟，都是我從十一歲以後進教養學校生涯的紀念，弟兄們哪，它們亮閃閃的，印有名稱或數字：「南四」、「科斯可地下鐵藍線」、「優等男孩」。

音響的小喇叭遍布房間各處，天花板上、牆上、地板上都有，所以躺在床上

10 P和M，指父母。

聽音樂，就像身處樂隊之網的網點上。今晚我首先想聽的是這首新的小提琴協奏曲，作曲者是美國人傑佛瑞．普勞特斯，演奏者是奧德修．喬里洛斯，由喬治亞州梅肯愛樂交響樂團伴奏。我從整齊的唱片架上取下它，打開開關靜候。

弟兄們哪，來啦。啊，快感，幸福，天堂。我赤條條地躺著，也沒蓋被子，格利佛枕著手靠在枕頭上，雙目微閉，嘴巴幸福地張大，傾聽著清音雅樂的湧流。啊，分明是美輪美奐精靈的肉身顯現。床下有赤金般的長號清脆地吹響，腦後有小號吐出三聲道銀焰，門邊是震透著五臟六腑的隆隆鼓聲，接著又跑出，像糖霹靂一樣清脆。啊，真是奇蹟中的奇蹟。此刻，小提琴獨奏聲彷彿珍稀金屬絲織就的天堂鳥，或者駕宇宙飛船流動的銀白色葡萄酒，地心引力已經不在話下，壓倒了所有其他的弦樂器，琴聲如絲織的鳥籠籠罩了我的床鋪。接著，長笛和雙簧管好似箔金質蠕蟲鑽入了厚厚的金銀乳脂糖。弟兄們，我是如聞天籟，飄飄欲仙呀。隔壁臥室的P和M已經經過啟蒙，不會敲擊牆體抗議「噪音」震耳欲聾了。是我替他們啟蒙的。他們會吃安眠藥的。他們知道我對夜間音樂樂此不疲，也許已經吃過藥了。聽著聽著，我的眼睛緊緊閉牢，以鎖定勝過合成丸或上帝的那種痛快，那種可愛的圖景我是熟悉的：男男女女、老老少少躺在地上，尖叫著乞求開恩，而我開懷大笑，提靴踩踏他們的面孔。還有脫光的小妞尖叫著貼牆而立，我的肉棒猛烈衝刺著。音樂只有一個樂章，當它升到最高大塔的塔頂的時候，帶著呆滯的目光、雙目緊閉、格利佛枕雙手而臥的我，切切實實地爆發噴射了，同時痛罵似地高喊「啊——」。美妙的音樂就這樣滑向光輝的休止。

此後，我聽了美妙的莫札特《丘比特交響曲》，並出現遭到踩踏和噴射的不同面孔的新圖景，這時我想，越過夢境前我只聽最後一張唱片了，我想聽明亮、強烈而很堅定的東西，所以就選了巴哈的《布蘭登堡協奏曲》，只配了中低音弦樂器。聽著聽著，我產生了與以前不同的快感，並再次看到那晚撕破的紙上的這個書名，事情發生在一幢名叫「家」的小屋，時間已經顯得十分悠遠。書名講的是一個上了發條的橘子。聽著巴哈，我開始更深刻地理解個中意義，而心中則充盈著那位德國音樂大師帶來的棕色美感的極致。我希望自己更狠毒地推搡那夫妻倆，就在他們家的地板上，把他們撕成碎片。

4

第二天早上，我在八點整醒來，身體依然感到疲憊不堪，很煩惱，像遭到了沉重打擊似的，睡眼惺忪，黏糊糊地睜不開。我想，不去上學算了。我思忖著，可以在床上多睡一會兒，比如一兩個小時，然後隨隨便便地穿戴好，也許還能在浴缸裡泡一會兒，替自己烤麵包，聽聽收音機、看看報紙，多麼逍遙自在。午飯後，如果我願意，就可以去學校，看看那個練習愚蠢而無用的學問的偉大場所有什麼把戲好玩，弟兄們哪。

我聽見爸爸發著牢騷跑來跑去，然後去印染廠上班；接著媽媽以恭敬的口吻朝室內喊，因為她看到我長得又高又大了：

「八點了，兒子。你不要再遲到啊。」

我回答道：「我的格利佛有點疼。別管我，睡一會兒就會好的，然後我會乖乖趕去上學。」只聽她嘆息著說：

「那我把早飯放在爐子裡熱著吧。我自己得馬上走了。」這是真話；有這麼一條法律，除了小孩、孕婦、病人，人人都得出去上班。我媽媽在人們叫做「國家商場」的地方工作，在貨架上擺滿黃豆湯罐頭之類的貨品。我聽見她在煤氣爐裡匡噹放下一個碟子，穿上鞋子，從門背後取下外套，又嘆息了一下，然後說：「我去了，兒子。」但我假裝回到了夢鄉，沒有回答，一會兒我真的睡著了。我做了一個奇怪而非常逼真的夢，不知怎的夢見了哥兒們喬治。夢中的他年紀變得大多了，非常尖酸嚴厲，在談論紀律和服從的事情，說他手下所有的人必須招之即來，像在軍隊中一樣舉手敬禮，我跟其他人一起排在隊伍裡，齊聲說「是，長官」，「不，長官」。我清楚地看見喬治的肩上有星形勳章，活像一個將軍。接著他把持軍鞭的丁姆喊上來，丁姆老多了，臉色蒼白，他看到我笑了笑，可以看見他掉了幾顆牙齒，這時喬治哥兒們指著我說：「那士兵很髒，布拉提上全是糞便，」這是事實。我馬上尖叫道：「別打我，求求弟兄們啦，」然後開始逃跑。我好像在繞圈跑，丁姆追著，笑個不停，軍鞭甩得啪啪響，我每挨一下軍鞭，就有電鈴聲丁零零零地高聲作響，而且還激發出某種痛楚。

我迅速醒過來，心臟撲撲撲亂跳，當然真的有門鈴聲劉劉響著，是我們前門的門鈴，我假裝沒人在家，但鈴聲劉劉響個不停，然後我聽見有個聲音在門外喊：「好啦，出來吧，我知道你在睡覺。」我立刻聽出來了，是P．R．德爾托得的聲音，一個真正的大傻瓜，人們稱之為我的教養追蹤顧問。他工作負荷超載，本子上記著數百名學生的事兒。我裝出痛苦的聲音，高喊對對對，弟兄們哪。我下床披上好看的絲綢睡袍，上面繡著大城市的圖案。接著我腳上套好舒服的羊毛拖鞋，梳好虛榮的美髮，準備伺候德爾托得。我開門，他一個踉蹌跌了進來，面容疲憊，格利佛上頂著破禮帽，雨衣骯髒不堪。「啊，亞歷克斯同學，」他對我說。「我遇到你母親了，對吧。她說你好像哪裡不舒服，所以沒上學，對吧。」

「兄弟，哦，先生，是頭痛難忍，」我以紳士的聲音說：「我想，到下午會好的。」

「或者到晚上一定會好，對吧？」德爾托得說。「晚上是好時光，對不對？亞歷克斯同學，坐下，坐下，坐下，坐下，」好像這是他的家，而我倒是客人。他在我爹經常躺的舊搖椅上坐下，開始前後搖動，似乎那就是他來此的全部目的。我說：

「來一杯熱茶嗎，先生？有茶葉。」

「沒工夫，」他搖動著，皺著眉瞥我一眼，彷彿用盡了世界上的全部時間。「沒工夫，對吧？」他傻乎乎地說。我把茶壺炖上說：

「是什麼風吹得你大駕光臨？有什麼毛病？先生！」

「毛病？」他狡黠地問，弓起背瞧我，還是搖動不止。此刻他瞄到桌子上的報紙廣告——滿面春風的年輕姑娘乳峰高聳，在推銷「南斯拉夫海灘之光」。他彷彿兩口就把她吞下了，說：「你為什麼會想到有什麼毛病？你有沒有做不該做的事情哪？」

「只是說慣了，先生。」

「呃，」德爾托得說，「我對你也說慣了，小亞歷克斯，你要注意啊，你知道得很清楚，下次就不是教養學校的問題嘍。下次就是送上審判台了，我嘛是前功盡棄。你若對自己可怕的一生毫不在乎的話呢，至少也該為我稍微想想吧；我為你出過力流過汗的。悄悄告訴你吧，我們每改造一個人失敗，都會得到一顆大黑星；你們每有一個人進鐵窗，我們都要做失敗懺悔的。」

「我並沒有做不該做的事情呀，先生。」我說。「條子找不到我什麼證據的，兄弟，不，我是說先生。」

「別這樣花言巧語地談論條子，」德爾托得厭煩地說，但還在搖動舊搖椅。「警方最近沒有抓你，並不意味著你沒有做髒事，你該心知肚明。昨夜打過架，是不是啊？動過刀，還有自行車鏈子什麼的。某個胖子有個朋友在發電廠附近，被連夜抬上救護車，送醫院搶救，全身被砍得很難看，對吧。已經有人提起你的名字，我的消息是透過正常管道傳到我這裡的。還提到你的幾個弟兄，狐群狗黨。昨夜似乎發生過不少雜七雜八的髒事呢。哎，還不是跟往常一樣，誰也證明不了誰做了什麼。但我警告你，小亞歷克斯，我始終是你的好友啊，在這個令眾人悲憤、戒備、惱火的社區中，我是唯一誠心誠意拯救你的人。」

「我非常感謝，先生，」我說，「心悅誠服。」

「是啊，你不是已經很感謝了嘛？」他近乎冷笑著。「注意一些就是了，對吧。我們所掌握的，比你自己承認的要多，小亞歷克斯。」接著，儘管仍然在搖動著舊搖椅，他以萬分沉痛的口吻說：「你們這些人到底中什麼邪啦？我們正在研究這個課題，已經搞了要命的近百年了，卻毫無進展。你的家庭很不錯，父母很慈愛，腦袋瓜也不賴。是不是有什麼魔鬼附在你身上？」

「沒有人向我灌輸任何東西，先生，」我說。「我已經很久沒有落入條子手裡了。」

「這正是我所擔心的，」德爾托得嘆息道。「保持健康太久了。據我估算，你快到落網的時候了。所以我要警告你，小亞歷克斯，放規矩點，不要讓漂亮年輕的長鼻子蒙塵，對吧。我的意思清楚嗎？」

「就像清澈的湖水，先生，」我說。「就像盛夏的蔚藍天空一樣清楚。包在我身上吧。」我朝他露齒一笑。

他離開之後，我一邊泡一壺濃茶，一邊自顧自笑著，瞧德爾托得一夥所操心的這檔子事吧。好吧，我行為不良，打家劫舍、打群架、用剃刀割人、幹男女抽抽送送的勾當，如果被抓就糟了，弟兄們哪，人人都學我那晚的舉止，國家不是亂套了？假如我被抓住，那就是這裡待三個月，那裡待六個月，然後，正如德爾托得所善意告誡的，儘管我的童年充滿了和善親情，下次就得投入沒有人情味的獸園中去了。我說：「這挺公平，但很可惜，閣下，因為牢籠生活我實在忍受不了啊。我的努力方向是，趁未來還向我伸出潔白的手臂的時候，好自為之，再也不要被警察捉了去；要提防別人手持刀子追上來刺一刀；不要在公路上飆車，以免金屬件扭曲，碎玻璃飛濺，鮮血噴灑，凝成最終的合唱。」這話很公允，但是，弟兄們哪，他們不厭其煩咬著腳趾甲去追究不良行為的「根源」，這實在令我捧腹大笑。他們不去探究「善行」的根源何在，那為什麼要追究其對立的門戶呢？如果人們善良是因為喜歡這樣，我是絕不去干涉他們享受快樂的，而其對立面也該享受同等待遇才是。我是在光顧這個對立面。而且，不良行為是關乎自我的，涉及單獨的一個，你或我，而那自我是上帝所創造的，是上帝的大驕傲、大歡樂。「非自我」是不能容忍不良行為的，也就是政府、法官、學校的人們不能允許不良行為，因為他們不能允許自我。弟兄們哪，我們的現代史，難道不是一個勇敢的小自我奮戰這些大機器的故事嗎？關於這一點，兄弟，我是認真的。而我的所作所為，是因為我喜歡做才做的。

在這喜氣洋洋的冬日早晨，我喝著非常濃釅的茶，裡面攙了牛奶和一勺一勺一勺的糖，我天生喜歡喝甜的。我從爐中取出可憐的媽媽為我做的早餐，是一個煎蛋，別無其他，我又烤了吐司，煎蛋、吐司、果醬裹在一起吃，不顧規矩地發出響聲，一邊拚命地嚼，一邊還看著報紙。報紙上觸目皆是尋常的消息，超級暴力、搶銀行、罷工；足球運動員揚言：不加薪，星期六就不踢球，直嚇得人人發呆，他們真是些調皮搗蛋鬼。他們又搞了太空旅行；還有螢幕更大的立體聲電視；用黃豆湯罐頭的標籤可以免費換肥皂片；驚人的出價，一週內有效等等，直看得我發笑。有一篇大文章綜論「現代青年」（指我，所以我致以鞠躬，拚命笑），作者是某某聰明「絕頂」的光頭。我細細拜讀了這篇高論，一邊嘟嚕嘟嚕地喝茶，一杯一杯接一杯，還啃完了黑吐司蘸果醬和煎蛋。這位學問淵博的作者說了一些老套，他大談所謂的「缺乏父母管教」，社會上缺乏真正高明的教師，去狠揍那些無辜的傻瓜，把乞丐式的劣根性逐出體外，使他們嗚嗚哭著求饒。這些傻乎乎的文字真令我噴飯，不過，能在報紙上追蹤到自己夜以繼日地製造的新聞，滋味真是不錯嘍，弟兄們哪。每天都有關於「現代青年」的情況，但該報登過的最好內容是一位穿硬領襯衫的老伯寫的，他是經過深思熟慮，才以上帝僕人的身分發言的：原來是**魔鬼逃出了地獄**，它如貂一般鑽進了年輕無辜的肌膚，成年人應該對此負責，因為他們的世界充滿了戰爭、炸彈和胡言亂語。那話說得對。他是半仙，明白事理。所以我們年輕無辜的孩子無可指責。對對對。

我等無辜的肚子吃飽，呃得呃得打了幾個嗝之後，就從衣櫥裡取出白天的布拉提，打開收音機。電台在播送音樂，是很好聽的弦樂四重奏，克勞迪斯．伯德曼作曲，這是我所熟悉的。我想起了曾在這種「現代青年」文章中所看到的觀點，不由得一笑，他們認為鼓勵「積極的藝術欣賞」可以改良『現代青年』。「偉大的音樂、偉大的詩歌」會撫慰「現代青年」，使其更加「文明」。文明個鳥，生梅毒的卵袋。音樂總是令我表現得更加壯懷激烈，弟兄們哪，使我覺得就像上帝本人一樣萬能，準備拿起棍棒做閃電進擊，令男人和女人在我的赫赫威力面前鬼哭狼嗥。我洗好臉和手，穿好衣服，我白天的布拉提頗像學生服：老舊的藍色長褲，毛衣上織著A，代表亞歷克斯。我想，至少有工夫去一趟唱片行，反正口袋裡花票子滿滿的。我要去看看早已預訂的立體聲《貝多芬第九號交響曲》（即《合唱》交響曲），是L・穆海維爾指揮埃山交響樂團錄製的「卓絕藝術」。於是我出發了，弟兄們。

白天與黑夜大不相同。黑夜是我、我的哥兒們和所有其他納查奇的天下，不切實際的布爾喬亞則躲在家裡沉醉於愚蠢的全球轉播；但白天是老人們的好時光，況且白天的條子或警察總是顯得格外多。我在街角處坐公共汽車，到市心站下車，再往回走到泰勒廣場，我曾光顧無數次的唱片行就在那裡。店名傻乎乎的，叫「旋律」，但地方不錯，新唱片一般進得很快。我進入店裡，裡面的顧客只有兩個小妞，一邊吮吸冰棒（注意，如今是隆冬），一邊在亂翻新到的流行唱片——「強尼燒光」、「史太希．克洛」、「調音師」、「與愛德和伊德．莫洛托夫一起靜靜躺一會兒」之類的垃圾貨。這兩個小妞的年齡不可能超過十歲，好像跟我一樣，顯然也已決定上午不走進那學問高牆內。可以看出，老兄，她們早將自己看做大女孩了，因為一看見你的「忠誠敘事者」，她們便扭動著屁股，而且胸脯是墊高的，嘴唇上濫施口紅。我走近櫃檯，彬彬有禮地微笑著與裡面的老安迪打招呼，他自己始終禮貌待人，樂於助人，真正的好人，雖然他已經禿頂，而且非常精瘦。他說：

「啊哈，我了解你的需求。好消息，好消息。貨已經到了。」他舉起樂隊指揮般的大手，打著拍子去取。兩個小妞開始格格笑，畢竟年紀還小嘛，我瞪了她們一眼。安迪很快回來了，手裡揮動著《第九號交響曲》亮閃閃的白色大封套，老兄，上面還印著貝多芬本人那猶如遭到雷擊般的濃眉凝結的面孔。「拿去，」安迪說。「要試放一下嗎？」但我情願回家用自己的音響播放，閉起門來獨自聽，真是小氣鬼。我摸出錢來付帳，一個小妞說：

「你買了誰的？大哥。什麼大，只買什麼？」這些小妞的說話方式很特別。「天堂十七流派？盧克．斯特恩？高格爾．果戈理？」兩人都笑了，身體擺動，屁股搖扭。我突然有了計策，內心驟然一陣痛苦和狂喜，差一點令我跌倒，近十秒鐘透不過氣來，弟兄們哪。我回過神之後，就亮出剛剛清潔的牙齒說：

「小妹妹，你們家裡有什麼機器，可以放出模糊顫音？」因為我看出她們所買的唱片是青少年流行歌曲。「我看只有小型便攜機吧，就像野餐時帶的。」她們聽了便把下唇伸出。「跟叔叔來吧，」我說，「聽點正宗的。聽聽天使小號和魔鬼長號。請賞光。」我鞠躬行禮。她們又格格笑，一個說：

「喲，我們肚子餓了。喲，我們很會吃的。」另一個說：「對，她說得對，一點也沒錯。」我就說：

「叔叔請客。什麼地方你們說吧。」

於是，她們果真把自己當成美食家，真是天可憐見，她們以貴婦人的口吻歷數了豪華的麗茲飯店、布里司托酒家、希爾頓飯店和義大利式玉蜀黍酒家。但我加以否定，說「還是跟著叔叔走吧」，就帶她們來到拐角處的義大利麵館，讓她們天真無邪的小口飽餐麵條、香腸、奶油鬆餅、香蕉船冰淇淋、熱巧克力醬，直到我膩煩為止。弟兄們哪，我的中飯很簡樸，只吃了一片冷火腿和一些令人齜牙咧嘴的墨西哥辣肉羹[11]。這兩個小妞雖然不是姊妹，卻很相像，她們想法相同，

11 指白豆燴牛肉粒。

或者同樣沒有想法，頭髮顏色也一樣，都染成麥桿黃。好啊，她們今天會真正長大的。今天我要玩它整整一天，午飯後不去上學，但教育肯定是要的，亞歷克斯當老師。她們說，她們的名字叫瑪蒂和索妮達，瘋瘋癲癲的，穿著顯出幼稚的時髦。我說：

「好啊，好啊，瑪蒂和索妮達，大放唱片的時機來了。來吧。」我們出了店門，街上很冷，她們認為不能坐公共汽車，那不行，要叫計程車，我也就遷就她們了，但暗自覺得好笑。我從市心站停車處招來計程車，司機是個留腮鬚的老頭，穿著邋遢的布拉提，他說：

「不要撕座位套。不要破壞座位，剛剛重新換過。」我安撫他，讓他別瞎擔心。我們直奔市政公寓一八A棟，兩個大膽妞格格說笑著，耳語著。長話短說，我們到了，我帶路爬到一〇-八室，她們一路氣喘吁吁，有說有笑。接著她們喊渴，我便打開自己房間的百寶箱，給十歲少女每人倒上一杯道道地地的蘇格蘭威士忌，當然攙滿了令人打噴嚏的麻辣汽水。她們坐在我那還沒有疊被子的床上，大腿擺動著，笑著喝高杯酒[12]，一邊聽我用音響放她們的感傷小唱片。就像是喝某種香香甜甜的兒童飲料，盛在漂亮、可愛、昂貴的金杯裡，只聽她們哦哦哦地喊叫，說著「厥倒」、「高山」等該年輕族群內時髦的怪詞。我一邊放這種垃圾音樂，一邊斟酒，再來一杯，而她們來者不拒，弟兄們哪。當她們的感傷流行樂唱片各放兩遍（共有兩張，一為艾克．亞德演唱的〈蜜糖鼻子〉，一為〈夜以繼日，日以繼夜〉，由兩個可怕的太監式人物哼哼出來的，其姓名我忘了）之後，她們已經接近小妞式歇斯底里的地步，在我的床上蹦蹦跳跳，而我跟她們同室坐著呢。

那天實際上做了些什麼，就無須詳述了，弟兄們一猜便知。兩個小妞轉眼就脫光了，笑嘻嘻的，易於闖入，她們看見亞歷克斯叔叔赤條條地站著，挺著肉棒，並且像赤腳醫生搞皮下注射一樣，對自己的手臂注射了叫春野貓的分泌物，兩人認為是十二萬分的好玩。然後我把心愛的《第九號交響曲》從套子裡取出，讓貝多芬也赤身露體，並把唱針嘶嘶挪到最後樂章，裡面淨是快樂幸福。來啦，低音弦樂器好像從床底下對著樂隊的其他部分傾訴，接著男聲加入，告訴大家要歡樂，於是高唱「歡樂」，幸福的曲調隨之成了上天之壯麗火花；我油然感到許多老虎在體內跳躍，隨之躍到兩個小妞身上。這次她們並不認為好玩，於是停止了興高采烈的喊叫，只得屈服於亞歷山大大個子的奇異怪誕欲望；由於交響樂曲

12 烈酒攙汽水，一般用高玻璃杯盛著喝，故名。

和皮下注射的作用，這種欲望顯得十分神妙、不平常，而且要求很過分，弟兄們哪。但她倆已經爛醉如泥，不可能感覺那麼多了。

當最後樂章第二次轉過來，關於「歡樂歡樂歡樂歡樂」的擂鼓和喊叫登峰造極的時候，這兩個小妞再也不能冒充貴婦美食家了。她們醒過來，看到自己幼小的身體橫遭作踐，就鬧著要回家，說我是野獸。她們的外表好像剛參加了大戰役，這倒是事實，現在她們渾身皮肉傷，一臉不愉快。哦，她們不願上學，但還是要接受教育的。她們已經接受了教育。她們穿布拉提時噢噢噢直叫，小拳頭碰碰打著躺在床上的我，我還是赤著身，邋遢得很，而且筋疲力竭。小索妮達喊叫著：「野獸，畜牲，骯髒的搗蛋鬼。」我就讓她們整理好東西快滾出去，她們照辦了，嘮叨著叫條子治我之類的廢話。她們下了樓，我則睡死過去；那「歡樂歡樂歡樂歡樂」的擂鼓和喊叫依然響徹四壁之間。

5

那天的情況是，我醒得很遲，看看手錶快七點半了，結果可想而知，那樣做並不那麼聰明。在這邪惡的世界上，事情總是若要人不知，除非己莫為，一報總要還一報的。對對對。我的音響已經不再高唱〈歡樂〉和〈我擁抱你啊百萬遍〉，肯定有人把它關掉了，不是P就是M，一聽就知道，他倆現在都在客廳中。杯盤叮噹和喝茶的嘟嚕聲，說明他們一個在工廠、一個在商店裡勞累了一天，正在吃飯。可憐的老人。悲慘的老傢伙們。我披上睡袍，以敬愛父母的獨生兒子的模樣探出頭去說：

「嗨嗨嗨，你們好哇。休息一天之後好多了。準備上夜班賺那點小錢。」因為他們說相信我這些日子在上夜班。「好吃，好吃，媽，有我的嗎？」那好像是速凍餡餅，她把它解凍後熱了一下，樣子不那麼誘人，但我必須那樣說。爸爸用不悅、猜疑的目光看看我，沒有說話，諒他也不敢，媽媽疲憊地朝我一笑，衝著身上掉下的肉，我這獨子。我歡跳著進了浴室，身上感到骯髒、黏糊糊的，便迅速洗了個澡，然後回房穿上晚上的布拉提。接著，我梳洗得精神煥發，坐下來吃餡餅。爸爸說：「我不是多管閒事，兒子，你究竟在哪裡上夜班啊？」

「哦，」我咀嚼著，「大都是零工、幫工什麼的。東幹西幹，看情況。」我瞪了他一眼，好像說你自顧自，我也會自顧自的。我是不是從不要錢花？買衣服的錢、玩耍的錢？好啦，還問什麼呢？

我爸忍辱求全，嘴裡嘟噥嘟噥的。「對不起，兒子，」他說。「但我為你擔心啊！有時我做起噩夢來，你也許覺得可笑，但長夜夢多著哩。昨夜我就夢見了你，我有點不喜歡那個夢。」

「哦？」他勾起了我的興趣，是夢見了我。我覺得自己也做了個夢，卻想不起是什麼了。「是什麼呢？」我停止嚼那黏糊糊的餡餅。

「那夢很逼真，」爸爸說。「我看見你躺在大街上，被其他孩子打了。那些孩子活像你送到上次那個教養學校之前曾經來往的那幫人。」

「哦？」我聽了竊笑一下，爸爸真的以為我改弦更張了，或者相信他所相信的。此刻我記起了我的夢，那天早上，喬治當將軍在發號施令，而丁姆揚著軍鞭獰笑著追打。但有人告訴我，夢裡的事要倒過來看的。「爸爸喲，不要為獨子和唯一的接班人操心哪，」我說。「不要怕。他能照顧自己的，真的。」

爸爸說：「你好像無助地躺在血泊中，無力還手。」真的倒過來了，所以我又輕輕竊笑一下，隨後把口袋裡的葉子統統掏出來，嘩地擲到整潔的桌布上。我說：

「拿去，爸爸，錢不多。是昨晚掙的。給你和媽去哪個酒吧喝幾口蘇格蘭威士忌吧。」

「謝謝兒子，」他說。「可是我們不大出去喝酒了。我們是不敢出去，街上亂糟糟的，小流氓猖獗。不過，要多謝你。我明天給她買一瓶什麼帶回來。」他撈起不義之財塞進褲袋，媽媽在廚房洗碗呢。我笑容可掬地出門啦。

我下到公寓樓梯底下時，感到有點吃驚。不止是吃驚，簡直是張口結舌。他們早已在等我了，站在亂塗過的公益牆畫前。如同我提到過的，就是裸男裸女神情嚴肅地操縱機器、表示勞動尊嚴的裸體畫，上面卻有調皮搗蛋的孩子用鉛筆在嘴巴邊上塗了那些髒話。丁姆手持又大又粗的黑色油彩棒，把公益畫上的髒話描得很大，一邊描，一邊發出丁姆式的大笑——「哇哈哈」。喬治和彼得露出亮閃閃的牙齒向我問候的時候，他回過頭喊道：「他來了，他露面啦，烏拉，」並笨拙地跳了半圈足尖舞。

「我們擔心啦，」喬治說。「我們在老泡刀奶品店，邊等邊喝，可是你沒來。所以彼得認為你可能為什麼事生氣了，我們才追到窩裡來。彼得，對不對？」

「對，沒錯。」彼得說。

「對——不——起，」我小心翼翼地對答。「我格利佛有點痛，只得睡覺。我吩咐人叫醒我，卻沒有人叫我。還好，大家都來了，準備去看夜晚貢獻了什麼，對吧？」我好像從教養追蹤顧問德爾托得那裡學來了「對吧？」那個口頭禪。真的很奇怪。

「頭痛還好吧？」喬治似乎十分關切地問。「也許是格利佛使用過度。發號施令、嚴肅紀律什麼的。確定不痛了嗎？你確定不是更樂意回去睡覺吧？」他們都笑了一下。

「等等，」我說。「讓我們把頭緒理個清清楚楚。原諒我的措辭，這種挖苦口氣跟你們不相配的，小朋友們哪。也許你們在我背後說過悄悄話、開點小玩笑什麼的。做為你們的哥兒們和頭頭，想必我有資格了解事態的發展吧？好啦，丁姆，那陣傻笑是什麼的前兆？」因為丁姆張開大嘴，無聲地狂笑著。喬治迅速插話道：

「好吧，不要再欺負丁姆啦，兄弟。那是新姿態。」

「新姿態？」我問。「這新姿態是啥玩意兒？在我睡覺的時候，肯定搞過誇張的會議。讓我知道詳情吧。」我抱著手臂，輕鬆地靠在破樓梯欄杆上傾聽，我站在第三級階梯上，比他們高出一個頭，儘管他們自稱哥兒們。

「別生氣啊，亞歷克斯，」彼得說，「我們想要把事情搞得更加民主一些，而不是從頭到尾讓你說了就算。不要生氣嘛。」喬治說：

「有什麼生氣不生氣的，主要看誰的主意多。他出了什麼主意呢？」他大膽地逼視著我。「都是無聊的想法，就像昨晚的小兒科。我們長大了，弟兄們。」
「還有呢？」我不動聲色地問。「我還要聽聽呢。」
「好吧，」喬治說，「想聽就聽吧。我們遊來蕩去，進商店搶劫什麼的，每人撈到一把可憐巴巴的花票子。在保鏢咖啡店，有個英國威爾說什麼任何人只要願意去搞到任何東西，他都可以出手銷贓。要閃閃發亮的東西，珠寶，」他說，依然冷眼看著我。「大把大把大把的錢準備著呢，英國威爾就這麼說的。」
「啊，」我內緊外鬆地說，「你們什麼時候開始與英國威爾打交道的啊？」
「斷斷續續地，」喬治說，「我獨來獨往，比如上個禮拜天。我可以獨立生活的，對不，哥兒們？」
我不怎麼喜歡這一套，弟兄們。我問：「你準備拿這大把大把大把的金錢怎麼辦呢？真是誇大其詞。你不是什麼都有了嗎？需要汽車，你就到樹上去摘；需要花票子，你就去拿。對吧？為什麼突然熱中於當腦滿腸肥的大資本家啦？」
「啊，」喬治說，「你有時想問題、說話就像小孩子。」丁姆聽了哈哈大笑。「今晚，」喬治說，「我們要搞成人式的搶劫。」
於是，夢境成真了。將軍喬治指揮我們什麼該做、什麼不該做，丁姆手持軍鞭，像沒頭腦的鬥牛犬獰笑著。但我小心地應付著，字斟句酌，絕不馬虎，我露著笑容說：「很好。真不錯。等待的人覺醒，要發制人了。我教會你不少東西，小哥兒們。把想法告訴我吧，喬治仔。」

「哦，」喬治狡黠、奸詐地笑著，「先去原來的奶品店，不賴吧？熱身用的，小子，特別是你，我們比你先開始的。」

「你說出了我的心裡話，」我不停地笑。「我正想提議親愛的老柯羅瓦呢。好好好，帶路吧，小喬治。」我假裝深深一鞠躬，拚命微笑，但心中盤算著。到了街上，我發現事前盤算是蠢材的做法，而大腦發達的人則使用靈感和上帝送來的東西。此刻，可愛的音樂幫了我的忙。有汽車開過，車上的收音機播送著音樂，我剛好聽出一兩個小節的貝多芬（是小提琴協奏曲，最後一個樂章），我立刻領悟到該怎麼做了。我用深沉沙啞的聲音說：「對，喬治，來，」並嗖地拔出長柄剃刀。喬治「啊？」了一聲，他快速拔出他的彈簧刀，刀刃啪地彈出刀柄。我們兩人對峙著。丁姆說：「哦不，那樣不對。」並試圖從他腰間解開鏈子，但彼得伸手緊緊摁住丁姆說：「別管他們。那樣是對的。」於是，喬治和敝人不聲不響玩起了追貓遊戲，尋找可乘之隙。其實兩人都對對方的打法太熟悉了，喬治不時用閃亮的刀子一衝一衝的，但一點也沒有觸及我。於此同時，過路行人看到我們打鬥，卻毫不理會，也許這已是街頭常景了。此刻我數一二三，挺著剃刀咔咔咔直刺，不是刺面孔、眼睛，而是刺喬治的揮刀之手。小兄弟呀，他鬆手了。一點沒錯，他把彈簧刀噹啷丟到凍得硬邦邦的人行道上。剃刀刮到了手指，路燈下，他看到了血滴冒出，紅紅的擴展開來。「來呀，」是我起的頭，因為彼得規勸丁姆不要把鏈子解開，丁姆聽從了。「來呀，丁姆，你我來一場，怎麼樣？」丁姆一聲「啊啊啊哈」，就像發瘋的大野獸，神速地從腰間甩出鏈子，如蛇一樣舞動，令人不得不佩服。我的正確路數是如蛙跳一般放低身體，以保護面孔和眼睛，我這麼一做，可憐的丁姆有點吃驚，因為他慣用直線正面的啪啪啪，他在我背上狠狠拂打了一下，我承認，火辣辣地疼痛，但這痛感喚起了我要決定性地快速衝擊，把丁姆了結掉。我挺起剃刀直刺他穿緊身褲的左腿，割破兩吋長的布料，使得少量鮮血流出，令丁姆暴跳如雷，正當他像小狗一樣嗥叫的時候，我嘗試了對付喬治的同樣路數，孤注一擲——上、穿、刺，我感到剃刀刺入丁姆手腕肉中夠深了，他扔掉了蛇行的鏈子，像小孩子一樣叫喊。接著他一邊號哭，一邊想喝掉手腕上的鮮血，血太多了喝不完，嘟嚕嘟嚕嘟嚕，紅血就像噴泉一樣好看，但流得並不久。我說：

「對啦，哥兒們，現在真相大白了。對吧，彼得？」

「我什麼也沒說過，」彼得說。「我一句話也沒說。看，丁姆流血快死了。」

「不可能，」我說。「一個人只能死一次。丁姆出生前就死了。那紅紅的血很快就會止住的。」因為我沒有刺中主動脈。丁姆嚎叫呻吟著，我從自己口袋掏出乾淨的手帕，包紮在可憐的垂死的丁姆的手上，正如我說的，果然止血了。這下他們知道誰是老大了吧，笨蛋，我心想。

在紐約公爵的雅室，沒多久就把兩個傷兵安撫好了，大杯的白蘭地（用他們自己的葉子買的，我的錢都給了老爸），再加手帕蘸水一擦就解決了。昨晚我們善待過的老太婆又在那裡，沒完沒了地喊「謝謝小伙子們」，「上帝保佑你們，孩子們」，但我們並沒有重複做善事。然而彼得問：「玩什麼花樣呢，姑娘們？」並為她們叫了黑啤酒，他口袋裡似乎花票子不少，所以她們更加響亮地喊「上帝保佑你們大家，小伙子」，「我們絕不會告密的，孩子們」，「你們是天底下最好的小伙子」。我終於向喬治開口：

「現在我們已經回復原狀了，對吧？跟從前一樣，統統忘記，好嗎？」

「好好好，」喬治說。但丁姆還顯得暈頭轉向，他甚至說：「我原本可以逮住那大雜種的，看，用鏈子，只是有人擋著罷了，」好像他不是跟我打架，而是跟其他什麼人打架。我說：

「呃，喬治仔，你本來打算怎麼樣？」

「哎，」喬治說，「今晚算了。今晚不要吧，拜託。」

「你是強壯的大個子了，」我說，「像我們大家一樣。我們不是小孩子了，是不是，喬治仔？你到底有什麼打算？」

「我原本可以好好用鏈子勾他眼睛，」丁姆說。老太太們還在念叨「謝謝小伙子」。

「喏，是這麼一所房子，」喬治說。「門外有兩盞路燈。名字傻乎乎的。」

「是什麼傻乎乎的名字？」

「『大廈』之類的廢話。有一個年邁老太婆，與貓兒同住，還有那些貴重的骨董。」

「比如說？」

「金銀珠寶啦，是英國威爾說的。」

「知道了，」我說。「我很熟悉的。」我知道他指什麼地方——老城區，就在維多利亞公寓後面。嗨，真正的好領導總是懂得何時對下屬表示大度。「很好，喬治，」我說。「好想法，應予採納。我們立刻出發。」我們出門時，老太婆們說：「小伙子，我們什麼也不說。你們一直在這裡的，孩子們。」所以我說：「好姑娘。十分鐘後再回來買更多東西。」我帶領著三個哥兒們，去找我劫數難逃的歸宿去了。

6

過了紐約公爵向東，有幾幢辦公樓，破舊的圖書館，再來就是高大的公寓樓，稱為維多利亞公寓，表示什麼事勝利了或其他，此後是所謂的老城區，是舊房屋的集中區。這裡有一些上好的古宅，弟兄們哪，裡面都住著老人，瘦巴巴的老上校們，拄著枴杖，咳嗽不停；寡婦老太婆們；養貓的老處女們，耳朵聾了，弟兄們哪，她們一輩子純潔無瑕，沒有感受過男子的觸摸哩。確實，這裡有的古物在旅遊品市場頗值錢，比如繪畫、珠寶啦，那種塑膠發明之前的舊廢物啦。我們悄悄來到這幢叫做「大廈」的古宅，門外有架在鑄鐵燈柱上的球形路燈，就像大門兩邊的守衛。底層有一個房間點著暗暗的燈，我們跑到街頭一個絕佳的暗處窺探，看窗子裡面有什麼。窗戶裝了鐵欄杆，房子就像一所監獄，但我們把裡面的動靜看得清清楚楚。

原來，這個白髮癟嘴老太婆正拿著牛奶瓶倒牛奶，接著把幾個碟子端到地板上，可以想見下面有不少雄貓、雌貓在咪咪叫並扭動著。還可以看見一兩隻又大又胖的肥貓婆，跳到桌上，張開大嘴喵喵叫著。只見老太婆喃喃回答著，彷彿在責罵她的貓咪們。房間牆上有很多舊畫、精巧的舊鐘，還有看上去像值錢骨董的花瓶和擺設。喬治耳語說：「東西可以換大錢的，弟兄們。英國威爾非常想要。」彼得問：「怎麼進去？」這下要看我了，要快，免得喬治搶先吩咐我們怎麼做。「首先，」我耳語道，「要試試正常的辦法，從前門進去。我會非常有禮貌，說有一個哥兒們在街上不對勁地昏倒了。她開門時，喬治要準備好那樣表演。然後討水喝，或者要求打電話找醫生。接下來進去就容易了。」喬治說：

「她可能不會開門。」我說：

「我們試試，對吧？」他聳聳肩，清清嗓子。我對彼得和丁姆說：「你們兩個哥兒們把住大門兩邊，好嗎？」他們在黑暗中點頭稱好好好。「來，」我對喬治示意後，直奔房屋的大門。門旁有一個門鈴按鈕，我摁下去，大廳裡鈴聲丁零丁零大作。裡面出現有人聽見的動靜，彷彿老太太和貓兒們聽到鈴聲都豎起耳朵，表現出詫異的神情。於是我略帶緊迫地摁門鈴。接著我俯身到信件投入口，以文雅的聲音喊道：「太太，請幫幫忙。我朋友在街上突然怪病發作，拜託讓我打個電話找醫生吧。」然後我看見大廳裡的燈點亮了，隨之聽見老人婆腳蹬平底拖鞋踢躂踢躂地走近前門；不知怎麼，我感到她的胳肢窩各摟了一隻大胖貓咪。

此刻，她以令人驚訝的深沉聲音喊道：

「走開。不走開就開槍了，」喬治聽到後想笑。我那紳士的嗓音充滿了痛苦和緊迫：

「幫個忙吧，太太。我朋友病得很重。」

「走開，」她大喊。「我知道你們的詭計，哄我開門，兜售不需要的東西。走開，真的。」那真是可愛的天真。「走開，」她又說，「否則我放貓咪咬你們。」你可以看出她有點精神失常，大概是一輩子獨身的緣故吧。此時，我抬頭一看，發現前門上面有一個上下推拉窗，只要爬上肩膀，從上面走就快多了。否則爭論一晚上也沒有結果。所以我說：

「好吧，太太。你不肯幫忙，我只好背著落難朋友到別處去了。」我眨眼讓哥兒們都悄悄離開，兀自喊叫著：「好吧，老朋友，在別處肯定能遇到好心腸的人。夜間有這麼多的流氓地痞出沒，也難怪老婆婆要起疑心的。不，不能怪她。」然後我們又在黑暗中窺伺；我耳語道：「對，回到門邊去。我踏著丁姆的肩膀，打開窗戶進去，哥兒們。然後我把老太婆關起來，打開大門放大家進去。沒問題的。」我在表明誰是頭頭，誰是出主意的。「看哪，」我說。「那門上面的石製工藝品做得真棒，腳踏上去正好。」我想他們都看見了，也許很欽佩，都在黑暗中點頭稱對對對。

所以大家踮著腳尖回到門前。丁姆是重量級壯漢，彼得和喬治把我推上成人一般的肩膀。在此期間，多虧了無聊的電視全球轉播，特別是由於夜晚警力不夠，人們產生夜晚恐懼，所以街頭靜悄悄的。我站在丁姆的肩頭，發現門上的石製工藝品很容易勾住靴子，膝蓋搭上去，人也就上去了。不出所料，窗戶關著。我掏出剃刀，用硬骨刀柄靈巧地砸破玻璃。於此同時，我的哥兒們在下面難以呼吸，所以我把手伸進砸破處，讓下半片窗戶平穩地升起打開，我就像爬進浴缸一樣進去了。我的小嘍囉們在下面抬起頭，張開嘴，弟兄們哪。

我在暗夜裡跌跌撞撞，到處都有床鋪、碗櫥、笨重的馬桶、箱子和書堆，但我大搖大擺地向房門走去，只見門下面有一道亮光。門嘎吱一聲，我到了積滿灰塵的走廊，還有別的門呢。弟兄們，這麼多的房間，給一個老太婆養貓咪真是太浪費了，大概雄貓、雌貓有各自的臥室，就像女王和王子一樣，並以奶油和魚頭為生。我聽到樓下老太婆壓低的聲音說：「是是是，就是這樣，」想必她是在跟那叫著「媽——」，側身挨近要奶吃的貓咪對話吧。接著我看到了往下通到大廳去的樓梯，心裡想，讓這些沒有定性、一錢不值的哥兒們看看，我一個抵三個還不止呢。我打算獨自一人去搞定。必要時，對老太婆和貓咪實行超級暴力，然後抓取大把貌似實用的物品，蹦跳著去打開前門，把金銀財寶撒向翹首以盼的哥兒們。他們得學習當領導的各種素質啊。

我緩慢優雅地下樓，在樓梯上還欣賞著蒙塵的舊畫——長髮披肩、衣領高豎的姑娘啦，樹木蒼翠、馬匹放牧的鄉間啦，赤身吊在十字架上的鬍子聖人啦。房舍內有一股貓咪和貓食魚，以及積年塵封的濃烈霉味，與公寓大不相同。我到了樓下，看到前廳的燈光，她是在這裡餵貓咪的，除此之外，我可以看到吃得腦滿腸肥的大肥貓，揮著尾巴走進走出，在門的底部擦毛。昏暗的大廳中有一隻大木箱，我可以看到一座漂亮的小雕像放在上頭，在前廳透過來的燈光中熠熠發光，我就順手牽羊地占為己有了，這雕像好像是單腿獨立、雙臂伸展的細腰小姑娘，看樣子是銀子打成的。我拿著它進入燈光通明的前廳，嘴裡說著：「嗨嗨嗨，我們終於見面了。我說，我們在信件投入口的短暫談話不夠過癮，對吧？還是承認吧，實事求是嘛，你這個臭老太婆。」我瞇起眼睛看亮光中的前廳和裡面的老太婆。地毯上爬滿了雌貓、雄貓，東奔西跑，低層的空氣中飄浮著軟毛，肥貓婆形狀各異，色彩多樣，黑的，白的，虎斑紋的，薑黃色的，玳瑁色的，年齡也有大有小，有貓仔在相互戲耍，也有成年貓咪，還有脾氣暴躁、淌著口水的老貓。牠們的主人，這個老太婆就像壯漢一樣逼視著我說：

「你怎麼進來的？離遠一點，你這惡少癩蛤蟆，別逼我出手打你啦。」

我聽了一陣大笑，看到老太婆青筋暴起的手裡竟拿著一枝蹩腳的木製枴杖，她揚起那破枴杖威脅我。我張開亮閃閃的牙齒，慢吞吞地靠近她，半路上看到餐具櫃上有一個小玩意兒，那是任何像我一樣酷愛音樂的小伙子所能親眼看到最最可愛的東西啦，它就是貝多芬的連肩頭像，他們叫它半身像，有著石製長髮、深藏的眼睛及飄垂的大領帶的石雕。我立刻去那裡拿它，一邊說：「真可愛，是專為我雕刻的。」但我眼睛盯住它向它走去，貪婪的手伸了過去，卻沒有看見地板上有牛奶碟子，便踩了上去，差一點摔倒。「哎喲，」我試圖站穩，但老太太已經狡猾地以老年人少有的快捷來到我背後，用枴杖啪啪打我的格利佛。我用手和膝蓋支撐，想要爬起來，嘴裡說著：「沒規矩沒規矩沒規矩。」她又開始打了，還說：「可憐的貧民窟小臭蟲，竟敢闖進體面人家來。」我討厭這種啪啪遊戲，就在枴杖打下來的時候抓住一端，於是她很快失去了平衡。她想要抵住桌子讓自己站穩，可是桌布鬆動了，它連帶著牛奶罐子和牛奶瓶像醉漢一般搖擺著，並向四面八方灑下白花花的牛奶，她隨之跌在地上哼哼，一邊還嘮叨著：「該死的小孩，你要吃苦頭的。」此刻，所有的貓兒就像遭到驚嚇，倉皇地奔跑跳躍，有些在相互責難，爪子打著貓拳，啪嗒嗒、咕嚕嚕、咔啦啦的。我站了起來，這個卑鄙刻毒、一心報復的老嫗抖著垂肉，哼哼著想要從地上撐起身來，我飛起一腳踢她的面孔，她不悅了，高喊：「哇——，」只見踢到的地方頓時起了一個發紫的腫塊，包裹在皺紋和老人斑之中。

我踢腿後往回走時，肯定踩踏了尖叫著互毆的貓咪的尾巴，只聽見響亮的一聲「吆——」，一團軟毛、牙齒、腳爪緊緊抱住了我的腿，我一邊咒罵，一邊想甩掉牠，一手拿著小小的銀製小雕像，一手還要越過老太婆，去抓取那可愛的貝多芬凝眉石雕。此時，我又踩到了一個滿是牛奶的碟子，差一點又飛躍起來，假如這事發生在別人身上，而不是敘事者敝人，那麼整件事情倒是怪可笑的。此時，地上的老太婆跨過所有的打鬥貓咪，抓住了我的腿，還在向我喊「哇——，」由於我本來就立足不穩，這次真的跌倒了，壓住了潑出的牛奶和亂抓的貓兒，兩個人都倒在地上，老嫗開始拳打我的面孔，她一邊還尖叫：「打他，揍他，拔指甲，這隻小毒蟑螂，」她只對著貓咪講，幾隻貓竟然聽從老太婆的吩咐，跳到我身上，亂抓一氣。於是我也氣急敗壞地還擊，但老嫗說：「癩蛤蟆，別碰我的貓咪，」並抓傷我的面孔。我尖叫起來，「你這卑鄙的老太婆，」並舉起小銀像狠狠砸在她的格利佛上，這下總算讓她乖乖地閉嘴了。

當我從地上爬起，擺脫嗥叫的貓咪們時，耳中真真切切地聽到了遠處的警車警報，我立刻醒悟，養貓老嫗剛才打電話是報警，而我卻以為她在跟貓咪打交道呢。我按門鈴求救的時候，她已經疑團叢生了。

聽到可怕的警車聲，我立刻飛奔到前門，費了好大的勁才打開那些鎖啊、鐵索啊、門閂等防護物。門打開了，等在門階上的正是丁姆，我剛好看到另外兩個所謂的哥兒們飛也似地逃跑了。「快走，」我向丁姆喊道。「條子來啦。」丁姆說：「你留下來會會他們吧，哈哈哈，」只見他取出鏈子揮起來，鏈子嗖嗖蛇行，優雅而富藝術性地打在我的眼皮上，幸虧我眼睛閉得快。我嚎叫著，忍著劇痛想要看清楚，丁姆說：「我不喜歡你剛才的行為，哥兒們。像你以前那樣攻擊我是不對的，兄弟。」接著我聽到笨重的靴子離開的聲音，他哈哈地衝進黑暗中，只過了七秒鐘左右，就聽見警車煞車聲，讓人噁心的警報聲嗥叫著停歇，就像瘋狂的野獸即將死去。我也在嚎叫，活像沒頭的蒼蠅，啪一頭撞到大廳的牆上，我的眼睛緊閉，流著汗水，十分疼痛。警察到的時候，我正在走廊裡摸索，當然看不見他們，只是聽見，近距離地聞到這些雜種的氣味。不久可以感到他們動粗，擰住我的雙臂，把我架出去。我還可以聽見一個條子的聲音，方向是我剛才出來的貓咪成災的房間：「她被砸得很嚴重，但還有氣，」此時，貓咪的高叫聲不絕於耳。

「這次真開心，」我聽到另一名條子說，同時被推搡著塞進警車。「小亞歷克斯全歸我們管了。」我尖叫道：

「我眼睛瞎了，上帝懲罰你們，放你們的血，狗雜種。」

「髒話，髒話，」一個聲音大笑道，接著我的嘴巴挨了戴戒指的手背一耳光。我說：

「上帝宰了你們，臭狗雜種。其他人呢？我那些臭叛徒哥兒們哪裡去了呢？一個天殺的臭朋友打了我的眼睛。抓住他們，別讓他們跑了。都是他們出的主意，弟兄們。是他們強迫我做的。我是無罪的，上帝宰了你們。」此時他們都無動於衷地嘲笑我，並把我塞進警車的後座，我繼續念叨這些所謂的哥兒們，後來發現是徒勞的，因為他們如今大概已經回到紐約公爵的雅座內，強迫來者不拒的臭老太婆灌下黑啤酒和雙份蘇格蘭威士忌，她們就報之以：「謝謝小伙子們。上帝保佑你們，孩子們。你們一直在這裡的，小伙子們。沒有離開半步。」

此刻，我坐的車拉著警報向警察局開去，我被夾在兩個條子之間，他們欺負人慣了，笑嘻嘻地不時揍我打我一下。後來，我發現自己可以略微睜開眼睛，就像透過眼淚一樣，瞥見城市如流水般閃過，那些燈光彷彿在相互碰撞。透過刺痛的眼睛，可以看見兩個在後座看管的嘻嘻哈哈的條子，以及細脖子的司機，旁邊是粗脖子的雜種，他以嘲諷的口吻對我說：「嘿，亞歷克斯男孩，大家都期待著一起度過愉快的夜晚，是不是啊？」我說：

「你怎麼知道我名字的？欺負弱小的人。願上帝把你打下地獄，你這個髒雜種，淫棍。」他們聽了哈哈大笑，後面有一個臭條子擰了我耳朵一把。粗脖子副駕駛說：

「人人都知道小亞歷克斯幫派的。我們的亞歷克斯已經成為聲名遠揚的小伙子啦！」

「是其他幾個呀，」我喊道。「喬治、丁姆、彼得。他們不夠哥兒們，是雜種。」

「嗨，」粗脖子說，「整個晚上你有的是時間，可以照實講講那些年輕紳士的英雄事蹟，他們怎麼把天真可憐的小亞歷克斯引入歧途的。」這時有另一輛拉著警報的車交會過去的聲音。

「那警車是去抓那些雜種的嗎？」我問。「你們這批雜種準備去抓他們嗎？」粗脖子說，「那是救護車。肯定是去接你的老太太受害人的，你這卑鄙無恥的惡棍。」

「都是他們幹的，」我喊道，眨眨刺痛的眼睛。「那些雜種正在紐約公爵裡狂飲呢。去抓他們呀，該死的臭淫棍。」又一陣大笑，我可憐的刺痛的嘴巴又挨揍了，弟兄們哪。此刻，我們來到了臭警察局，他們把我連踢帶拉地弄下警車，推搡著上了台階，我自知，不可能從這些臭狗雜種這裡得到公平的對待，天殺的。

7

他們把我拖到這燈火通明、粉刷一新的審訊室，味道很濃烈，是嘔吐、廁所、酒氣、消毒劑的混合物，都來自附近的牢房。可以聽見一些囚犯在咒罵和唱歌，我想還聽到了一個人起勁地唱道：

我要回到親愛的身邊，
當你，親愛的，離開以後。

但有條子在喝令他們住嘴，甚至可以聽到有人遭到痛打後噢噢直叫的聲音，聽起來倒像醉酒的老太婆，而不是男人。有四名條子跟我一起來的，都在大聲地喝茶，桌上放著一把大茶壺，他們把茶水倒在骯髒的大茶杯裡啜飲、噴吐。他們沒有請我喝，只是給我弄了把破鏡子瞧瞧，果然，我不再是你們的帥哥敘事者啦，而是醜八怪，嘴巴腫起，眼睛通紅，鼻子也碰歪了。他們看到我的沮喪模樣，都笑個不停，其中一個說：「愛就像年輕的噩夢。」這時，一個警官進來了，肩上的星章顯示他的警階很高很高，他看見我就「呣」了一聲。他們開始審訊了。我說：

「我不會說一句話的，除非有律師在場。我懂法律的，狗雜種。」當然，他們又是一陣子鬨堂大笑，警官說：

「對的，弟兄們，一開始就要讓他看看，我們也懂法律的，但懂法律不能萬事大吉。」他的說話聲像紳士，但疲倦得很，接著他以哥兒們的笑容朝一個胖大雜種點點頭。胖子脫掉上衣，只見他真是大腹便便，他不緩不急地靠近我，張開嘴，疲憊而懷疑地對我獰笑著，噴出剛才喝過的奶茶味。身為警察，他鬍子刮得不大乾淨，襯衣胳肢窩下有汗漬，靠近時可聞到耳屎的氣味。他捏緊紅色的臭拳，直打我的肚子，真不公平，其他條子看了笑得前仰後合，只有那警官還是那樣疲憊地獰笑著。我被迫倚靠著粉刷的白牆，布拉提沾了一身白，深吸一口氣，肚子疼痛萬分，禁不住想嘔出晚上行動前吃進去的黏糊糊的餡餅。但我不能忍受那滿地亂吐的行為，所以就嚥回去了。接著我看見肥胖的彪形大漢轉向條子哥兒們，對自己的工作業績誇耀鬨笑一番，我便伺機提起右腳，沒等其他警察來得及警告他小心後面，就狠狠踢中他的脛骨。他尖叫殺人啦，來回跳動著。

此後，他們每人輪流把我當做非常無聊該死的球，彈來彈去，弟兄們哪，同時揍我的卵袋、嘴巴、肚子，拳打腳踢，我終於忍不住嘔吐到地板上，就像情急發瘋的人一樣，我甚至說：「對不起，弟兄們，那件事做得一點也不好。抱歉抱歉抱歉。」但他們把舊報紙交給我，命令我擦乾淨，接著又命令我用鋸屑擦。然後，他們幾乎就像老哥兒們一樣說，我可以坐下，大夥兒平心靜氣地談談。此時，德爾托得進來看了看，他就在本大樓裡辦公，顯得很疲憊，髒兮兮的，說：「還是出事了，亞歷克斯男孩，對吧？不出我所料。天哪，天哪，天哪，對吧。」他轉向條子說：「晚上好，督察。晚上好，巡佐。晚上好，晚上好，大家好。噢，這真是我的末路，對吧。我的天，我的天，這孩子看上去真的是一團亂，是不是？看看他的樣子。」

「暴力滋生暴力，」警官以神聖的口吻說。「因為他違法拒捕來著。」

「末路窮途，對吧，」德爾托得又說。他冷眼看看我，似乎我已變成一件物品，不再是疲憊不堪、慘遭毒打的人。「看來我明天得到庭吧。」

「不是我，兄弟，先生，」我說，有點想哭。「為我辯護吧，先生，我還沒那麼壞。我中了奸計，先生。」

「說得跟紅雀唱的一樣好聽，」警官冷笑著。「簡直可以把屋頂唱飛嘍。」

「我會說話的，」德爾托得冷冷地說。「我明天到庭，別擔心。」

「如果你想打他的臉頰，先生，」警官說，「不用顧忌我們。我們來抓住他。想必他又是你另一個掃興鬼吧。」

德爾托得接著做了一個我萬萬想不到的動作，像他這樣的人，本該把我們壞蛋改造成真正的好人才是，特別是四周有那些個警察呢。他湊近來啐了一口唾沫。他啐了一口。他對準我的面孔啐了一口唾沫，然後用手背擦擦濕嘴。我用帶血的手帕將挨啐過的面孔擦啊擦啊擦啊，說著：「謝謝你，先生，非常感謝，先生，你真好，先生，謝謝啦。」德爾托得一聲不響地走了。

條子現在著手搞了個長篇報告書讓我簽名。我自忖，你們統統見鬼去吧，如果你們這些雜種都站在「善行」的一邊，那我很高興去另立門戶。「好吧，」我對他們說，「狗雜種，臭淫棍，拿去吧，統統拿去。我不再準備趴著爬來爬去了，臭雜種。你們想要從哪裡講起呢？狗屎野獸？從最後一個教養學校？好的，好的，就這個吧。」我和盤托出，讓這速記員寫了一頁一頁又一頁，他是一個不聲不響的膽小鬼，一點都不像當警察的。我描述了超級暴力、搶劫、打架、老套的抽送抽送，統統講了，直講到今晚與養貓的富家老太婆的事情。我確定我把那些所謂的哥兒們也牽涉進去，脫不了關係。我講完時，速記員有點頭昏腦脹的，可憐的老頭。警官以友善的口吻對他說：

「好啦，小子，你下去好好喝杯茶，然後把這些亂七八糟的東西仔細打印出來，一式三份。然後再拿來請我們英俊的小朋友簽名。你呢，」他對我說，「可以去看看結婚套房，自來水等設施一應俱全。好吧，」疲憊的聲音對兩個十分嚴厲的警察說，「帶他走。」

我被連踢帶揍地威逼著來到牢房，與十一、二個囚犯關在一起，其中不少是醉鬼。有些真是可怕的野獸，一個人鼻子全都腐蝕了，嘴巴像大黑洞一樣張開；一個躺在地上打鼾，嘴巴一直在淌黏液；一個好像褲子裡拉滿了屎；還有兩個同性戀都看上了我，其中一個人跳上了我的背脊，我與他和他的氣味搏鬥了好一陣，那味道像脫氧麻黃鹹興奮劑和廉價香水，我差一點再次嘔出來，只是腹中空空如也才作罷，弟兄們哪。接著另一個同性戀開始伸手摸我，隨後這兩個人嚎叫著扭打起來，兩人都想接觸我的身體。聲音搞大了，引來兩個條子用警棍捅他們，才使他們安靜地坐下來，目光茫然，其中一個人的面孔滴滴淌著血。牢房中有高低床，全是滿滿的。我爬到一張四層床的上鋪，發現有一個醉老漢在呼呼大睡，很可能是條子把他舉拋上去的。不管他，我又把他拖下來，其實他並不怎麼重。他癱垮在地板上的一個胖醉鬼身上，兩個人同時醒來，喊叫著，笨拙地對打起來。我在臭烘烘的床上躺下，筋疲力竭地忍痛睡著了。但這哪裡是睡覺啊，分明是昏厥中來到了另一個更美好的世界。在這裡，弟兄們哪，我身處鮮花盛開、樹木叢生的田野，那裡有一頭人面山羊在吹長笛，而有著暴雷般的面孔、戴著領巾、怒髮如狂風吹亂的貝多芬像太陽一樣升起，接著就聽見《第九號交響曲》的最後樂章，歌詞有點混雜；這是在夢中，彷彿歌詞本身不得不混雜起來似的：

孩子，你這蒼天的喧鬧鯊魚，
樂園的屠殺，
燃燒之心，喚起了，著迷了，
我們要打你的嘴巴，
踢你的臭屁股。

然而曲調是正確的，我被叫醒的時候是知道這一點的；由於手錶被抄走，不知道是兩分鐘、十分鐘，還是二十小時、幾天，甚至幾年後我被叫醒。下邊數哩外有一個條子在用鐵釘的長桿末端戳我，嘴裡說：

「醒醒，小子。醒醒，我的美人。來看看現實世界的煩惱。」我說：

「為什麼？誰？哪裡？什麼事？」心中《第九號交響曲．歡樂頌》的曲調依然唱得美妙無比，條子說：

「下來自己看。你有非常棒的消息呢，小子。」於是我爬了下來，身體僵硬疼痛，不像真正的甦醒。這個警察身上散發著濃烈的奶酪洋蔥味，他推著我離開了骯髒且鼾聲四起的牢房，穿過重重走廊，於此同時，「歡樂，你這蒼天的光輝火花」的曲調仍在心中閃耀著。我們來到一間整潔的辦公室，辦公桌上有打字機和花束，局長的桌後坐著警官，神情嚴肅，冷冷的眼神盯著我睡眼惺忪的面孔，我說：

「好好好。不錯呀，兄弟。在這亮晃晃的半夜，有何貴幹？」他說：

「給你十秒鐘，把臉上那愚蠢的奸笑抹去，然後要你仔細聽著。」

「哦，什麼？」我笑著說。「差一點把我打死、啐死，讓我連續幾小時坦白罪行，再把我投入骯髒的牢房，睡在瘋子、變態狂中間，難道還不滿意嗎？狗雜種，又有什麼折磨我的新花樣呢？」

「這是你的自我折磨，」他一本正經地說。「我對著上帝祈求，希望這事能把你逼瘋。」

他沒說出口，我就知道是什麼啦。養貓咪的老太婆已經在一家市立醫院進入了那美好的世界。我顯然下手太狠了一點。好好，那說明了一切。我想到了那些貓咪，嗥叫著要牛奶而不得，老太婆女主人再也不能餵牠們了。這事具有決定性。我已經輸個精光，而我才十五歲呢。

第二部

1

「接下來要玩什麼花樣呢？」

我接著講下去，這是八四F號國家監獄的故事中賺人熱淚的悲劇部分。弟兄們，我僅有的朋友們，你們不會願意聽那些齷齪可怕的、令我父母捶胸頓足的驚愕之事，我爹以傷痕累累、血跡斑斑的手捶打天上不公平的上帝，我媽咧開嘴哇哇哇、哇哇哇、哇哇哇地哭，悲嘆她的獨生兒子、心肝寶貝如此沒出息，令大家失望。低等法院嚴厲的老治安法官說了些十分不中聽的話，來叱責敝人，即你們的朋友，謙卑的敘事者，儘管德爾托得和警察們之前已經含血噴人、極盡齷齪骯髒的誹謗之能事，天殺的。接著是身處臭變態狂和罪犯之中的羈押，然後在高等法院接受審判，有法官和陪審團參加，用十分莊嚴的方式說了一些道道地地的髒話。此後是「有罪」的宣判，他們說「十四年徒刑」時，我媽放聲大哭。我現在就在這裡，被踢著鏗鏘關進八四F號國家監獄剛好兩個年頭了，身穿囚服，那是骯髒的糞黃色上下連身囚衣，號碼縫在胸部，就在肚臍眼上面，背上也縫了，來來去去我都是六六五五三二一號，再也不是你們的小哥兒們亞歷克斯啦。

「接下來要玩什麼花樣呢？」

我被關在這個骯髒的地獄洞、人類獸園長達兩年，被凶殘成性的看守踢打、推搡，與色迷迷的臭罪犯打交道。其中有一些罪犯是真正的性變態，隨時隨地打算把口水流到像敘事者這樣如花似玉的小伙子身上。國家監獄強迫犯人在工廠裡糊火柴盒，在院子裡一圈一圈一圈地放風出操，有時晚上還來個老教授樣子的人，講解甲殼蟲、銀河系、「雪花的光輝奇聞」，這最後一課曾使我哈哈大笑，我想起了冬夜裡的那次，對圖書館出來的老頭進行推搡和破壞公物，當時我的哥兒們還沒有叛變，我自己又快活又自由。提起從前那幫哥兒們，我只聽說過一件事，有一天，P和M來探監，我得知喬治死了。對，死了，弟兄們。就像路上的狗屎堆一樣。據說喬治帶領著另兩人進了一個富豪家庭，把主人打翻在地，拳打腳踢，然後喬治開始撕開坐墊和窗帘，丁姆去碰一件價值連城的擺設，類似雕像什麼的，那蓬頭垢面的富人勃然大怒，拿起一根沉重的鐵棍，衝向他們。老實人發怒產生了蠻力，丁姆和彼得跳窗而逃，但喬治被地毯絆倒，讓可怕揮動的鐵棍直砸到格利佛，這就是叛徒喬治的結局。老頭殺人犯以正當防衛輕易開脫，真是合情合理。喬治被殺了，儘管發生在我被條子抓住一年多之後。世道似乎是合情合理的，這才像一報還一報的命運呢。

「接下來要玩什麼花樣呢？」

這是星期天早晨，我在羽翼教堂，聽獄中牧師宣講主的福音。我的任務是管理舊音響，在唱讚美詩的前後、中間播放嚴肅音樂。羽翼教堂在八四F號國家監獄共有四處，我站在教堂後面，靠近看守持槍站崗的地方，警衛們手持骯髒的藍色大木棍；可以看見眾囚徒坐著傾聽福音，身穿可怕的糞黃色囚服，他們身上升騰起一股骯髒之氣，倒不是沒洗過，不是污物，而是一種特殊的惡臭氣味，只有囚徒才有的，弟兄們哪，塵土飛揚、油膩膩的、無可救藥的氣味。我想，大概自己也有這種氣味，我已經淪為真正的囚犯了嘛，儘管年紀還小。所以，要盡快跳出這個臭烘烘的骯髒野獸園，弟兄們哪，這對我是至關重要的。你們只要讀下去就會知道，時間離我出去也不太久了。

「接下來要玩什麼花樣呢？」獄中牧師第三次問。

「是這樣進進出出、像這樣進進出出監獄呢，還是聽從神的福音，認識到除了現世，還有來世，懲罰在等待著死不悔改的罪人？你們是一夥該死的白癡，大多數人把與生俱來的權利賣掉，去換一杯冷粥。偷盜、暴力的刺激，過快活日子的衝動，值得以身試法嗎？我們有不可否認的證據，對對，無可爭議的證據，證明地獄是存在的。我知道，我知道，朋友們，我在夢境中得到訊息，有這麼一個地方，比監獄還要黑暗，比人間的火焰還要炙熱，像你們這樣死不悔改的罪人的靈魂——不要斜眼看我，要命，不要笑——你們這樣的人，聽著，在無窮無盡、無法容忍的痛苦中尖叫著，鼻子裡堵滿了穢物的氣味，嘴巴裡塞滿了燃燒的糞便，皮膚在脫落腐爛，一個火球在尖叫的內臟中轉動。對對對，我知道。」

此刻，弟兄們，後排某處的一個囚徒放出唇樂「噗——勒」，殘忍的警衛馬上就出動了，迅速地衝向他們認準的發聲地點，狠命地揮打棍子，左右開弓地點名揍人。最後他們找到一個瑟瑟發抖的可憐囚徒，不過是一個乾癟老頭而已，並把他拖出來，一路上他不斷喊著：「不是我呀，是他，看哪，」但這沒有用的。他被打得皮開肉綻，然後拖出教堂，他一邊還在呼天搶地。

「好啦，」牧師說，「接著聽福音。」他拿起大本《聖經》翻動著，嘖嘖地舔指頭蘸口水。他是個大塊頭壯雜種，面色通紅，他倒很喜歡我，我年紀小，而且對大寶書產生了濃厚的興趣。根據獄方安排，我要精讀此書，做為繼續教育，同時特許我一邊讀書一邊在教堂聽音響，弟兄們哪，這倒真是不錯。他們把我反鎖在裡面，讓我聆聽巴哈和韓德爾的聖樂，同時讀大寶書講的古代猶太人的故事：他們自相殘殺，狂飲希伯來酒，接著與妻子的侍女上床，真不錯哇。這種內容吸引我讀下去，弟兄們。我不大理解書的後半部，它似乎全是說教講道，而不是行軍打仗和抽送縱欲。有一天，牧師粗壯的手臂緊緊抱住我，對我說：「啊，六六五五三二一號，想想基督受難吧。我的孩子，反思受難是有好處的。」他身上始終散發著蘇格蘭酒那種曼尼神糧般的濃烈氣味，說著說著他又跑到自己的小室去喝幾口。於是，我細心閱讀了鞭打耶穌、加套荊冠，然後是釘十字架之類，更加看清了其中的道理。音響放出心愛的巴哈音樂，我閉上眼睛，能看到自己在協助、甚至主持折磨耶穌和釘十字架的刑罰，身上儼然披著古羅馬服飾——托加袍。所以關在八四F號國家監獄倒也不是全然浪費了；典獄長聽說我喜歡上了宗教，大為高興，這就是我的希望所在。

這個禮拜天早晨，牧師從書本上讀到，有人聽了福音，卻一點也聽不進去，就好比在沙地上建造住宅，大雨嘩嘩地下，雷聲隆隆地在天頂炸響，住宅就此玩完。但我想，只有愚不可及的人，才會把住宅建造在沙地上，而且他的哥兒們實在是一幫子憤世嫉俗的貨色，鄰居也是長著壞心眼，看他搞這種建築那麼愚蠢，也不去指點一下。這時牧師喊道：「沒錯，你們大夥兒。大家翻開《囚徒讚美詩集》第四百三十五首，唱完讚美詩就結束。」一陣劈啪、噗嘍、嘩嘩嘩的聲音，囚徒們拿起、放下書本，舔指翻動骯髒小詩集的頁面，惡狠狠的看守高喊：「不准講話，狗雜種。我看到你啦，九二〇五三七號。」我當然準備好了唱片，專放簡單的管風琴音樂，勁頭十足的「格哇哇、哇哇哇」，囚徒們非常糟糕地唱道：

我等是淡淡的茶水，剛剛泡好，
多攪動就濃釅了。
我們吃不到天使的神糧，
磨難的歲月正久長。

他們乾嚎著，哭訴著愚蠢的歌詞，而牧師在鞭策他們，「大聲一點，要命，唱出來，」看守們在尖叫：「你慢點，七七四九二二二號，」「吃蘿蔔的人來抓你啦，狗屎。」結束之後，牧師說：「願聖父聖子聖靈永遠守護你們，使你們向善，阿門。」大家蹣跚而出，阿德里安·施韋格塞爾巴的《第二號交響曲》選段揚起，是敝人精選的噢。我想，人可真的不少哇；我站在音響旁邊，目送他們拖著腳，就像牲口一樣哞哞哞、哞哞哞地叫喊著離開了，髒指頭對我指指點點的，因為我看上去備受特殊照顧。最後一個人懶洋洋地出去了，他的手臂像猿猴一樣垂著，僅剩的看守在他後腦勺響亮地拍打一下；我關掉音響，牧師吸著菸走近我，老舊的教士服還沒換掉，上面有很多的白色花邊，就像姑娘的布拉提。他說：

「再次謝謝你，小六六五五三二一號。今天有什麼消息告訴我呢？」我知道，這位牧師正力爭成為監獄宗教界的大聖人，他需要典獄長給他出具呱呱叫的證明文件，所以他不時去典獄長那裡，悄悄彙報囚徒中正在醞釀什麼樣的陰謀，而他是靠我才得到一大堆這種類似廢話的獄中新聞。其中大多數東西是我編造的，也有少量是查有實據的，比如有一次我們牢房水管上傳來篤篤篤、篤篤篤的敲擊聲，說大個子哈里曼打算越獄。他準備在如廁時間打倒看守，再換上看守制服逃出。還有一次，因為食堂裡伙食惡劣，他們準備大鬧一場，把飯菜扔來扔去，我知道後就報告了。牧師上報後，典獄長表彰了他的「公益精神和靈敏耳朵」。所以這次我沒有根據地說：

「呃，先生，從水管暗號看來，一批古柯鹼透過不正當管道送到了，第五排有一個牢房將當做分發中心。」我一邊走一邊編造著，像這樣的故事我已經編造了很多很多，但牧師感激得很，連連說：「好好好，我親自上報大人，」「大人」是他對典獄長的稱呼。我說：

「先生，我是不是已經盡力而為了？」我對上級總是用很禮貌的紳士口吻。

「我正努力著，是不是啊，先生？」

「我想，」牧師說，「整體來說，是的。你非常幫忙，我認為，你已經表現出真正悔改的欲望。如果能保持下去，就可順順利利地減刑。」

「可是，先生，」我說，「人們正在討論的這新鮮玩意兒怎麼樣？可以立刻出獄，並確保永不入獄的新療法？」

「哦，」他機警地說，「你從什麼地方打聽來的？是誰跟你說這些的？」

「這些事傳來傳去，先生，」我說。「好像是兩個看守在討論，總免不了會有人聽見。還有人在工廠裡撿到一張報紙，上面什麼都說了。你幫我申請怎麼樣？先生，請恕我冒昧地提出。」

可以看出他一邊抽菸，一邊在思考，琢磨著就我提到的這件事，他應該把多少自己知道的東西透露出來。隨後他說：「我想你是指路多維哥氏技術吧。」他還是十分謹慎。

「我不知道它叫什麼，先生，」我說。「只知道可以把人迅速地弄出去，並確保再也不入獄。」

「是這樣，」他說，俯視著我，眉毛蓬鬆而懸垂。「差不多吧，六六五五三二一號。當然，它現在只是實驗階段。它很簡單，但非常猛烈。」

「但這裡在試行，對不對，先生？」我說。「南牆邊的那些新白樓，先生。我們看到它們是新建的，先生，是出操的時候看到的。」

「還沒有試行吧，」他說，「本監獄沒有。大人對此疑慮重重啊。我得坦白，我也有疑慮。問題是這種技術是否真的能使人向善。善心是發自內心的，六六五五三二一號。善心是選擇出來的事物。當人不會選擇的時候，他就不再是人了。」他本來會繼續講一大堆這樣的廢話，但我們聽到下一批囚徒錚錚走下鐵樓梯，來聽講道了。他說：「我們改天再談這個。現在最好放管風琴獨奏吧。」我走到音響邊，放上巴哈的《覺醒吧》合唱序曲，骯髒的臭雜種、罪犯和變態狂們像一群垮掉的猿猴，搖搖擺擺地進來了，看守、警衛們在對他們咆哮，鞭打著他們。只聽牧師問他們：「接下來要玩什麼花樣呢？」這是你們所熟悉的。

我們那天早上一共搞了四場講道，但牧師再也不提路氏技術，你們隨便怎麼稱呼它吧，弟兄們哪。我幹完放音響的活兒，他只是稍微謝了謝我，我就被帶回到第六排的牢房，那就是我又臭又擁擠的家。警衛其實並不太壞，開門後也沒有推搡我，踢我進去，只是說，「到了，小子，回到酒館了。」我與新的一批哥兒們朝夕相處，他們都是犯了重罪，被判了重刑，但謝天謝地沒有性變態狂。睡在床上的佐發，黑瘦黑瘦的，他那菸鬼的嗓音，喜歡沒完沒了地嘮叨，所以大家都不大去細聽。此刻，他似乎在自言自語「當時你是沒法抓住壯丁呀」（誰知道是什麼東西呢），「因為你要交出一千萬門高射砲呀，那我怎麼辦呢，我去土耳其後，說我第二天就有那壯丁了，你看，他能怎麼樣呢？」他說的都是舊時的囚犯黑話。還有城牆，他是獨眼龍，正在摳腳趾甲，迎接禮拜天。另外有猶太大個兒，一個很會出汗的胖子，正癱在床上像死了一般。其他還有喬約翰和大夫。喬約翰長相平庸，精明，瘦而結實，其專業是「性攻擊」；大夫自稱能醫治梅毒、淋病、慢性尿道炎，卻只替人家注射水，還有他曾答應幫助兩個姑娘消除掉多餘的負擔，結果卻把她們殺掉了結。他們真是一群可怕的社會渣滓，我與他們為伍一點也不高興，弟兄們哪，這種心情你們是可以理解的，幸虧這已為時不久了。

你們應該知道，這牢房建造的時候，是準備給三個人住的，而今裡面卻塞了六個人，統統汗流浹背地擠在一塊。當時所有的監獄、所有的牢房都是這種情形，弟兄們，真是骯髒、丟人現眼啊！哪裡有什麼過得去的空間讓人伸展手腳。說起來你們不相信，這個禮拜天，當局又扔進了一名囚徒。對，我們剛剛吃完難以下嚥的麵疙瘩和臭燉菜，正各自躺在床上靜靜地抽菸，這傢伙就被推了進來。他是個瘦巴巴的老頭，我們還沒有機會看清形勢，他倒開始高聲抗議了，他一邊搖著鐵欄杆，一邊尖叫：「我要求行使他媽的權利，這間牢房客滿了，該死的迫害，真是眼見為憑，一點也不錯。」但一名警衛回過身來說，他必須好好適應，跟哪個願意的人共用一張床，否則就要打地鋪。看守說，「情況還會愈來愈糟，不可能有所改善的。誰教你們這幫人要營造骯髒的犯罪世界呢！」

2

呃，正是這個新來的傢伙，才真正引發了我的出獄，因為他是個討厭的鬥嘴型囚徒，思想骯髒，居心險惡，竟然當天就惹了麻煩。他非常喜歡吹牛，對待同室難友竟然滿臉不屑一顧的樣子，傲慢的嗓門吼得震天價響。他聲稱自己是全野獸園中唯一的模範罪犯，還說自己幹過這個，惹過那個，一拳就宰了十個警察，諸如此類的廢話。但就是打動不了大家，弟兄們哪。所以他就向我開刀了，因為我最小嘛，說什麼最小的傢伙應該睡地上，而不是他。但其他人都向著我，高喊：「別動他！你這狗雜種，」接著他開始哭訴世上怎麼沒人喜歡他。這天夜間，我醒過來，發現這可怕的囚犯竟然跟我同床睡著，床在第三排底鋪，狹窄得很，他還一邊說著淫詞穢語，一邊摸來摸去。我勃然大怒，儘管只有外面樓梯底部通道裝了一盞小紅燈，看不大清楚，我還是對他亂打一氣。我心裡知道，必定是這個臭雜種；等把事情真的鬧大了，電燈點亮，我才看清他討厭的面孔上被我的手指襲擊得嘴巴鮮血直流。

後來發生的事是可想而知的，難友們都醒過來了，紛紛加入了朦朧中的混戰；打架聲似乎吵醒了一整排囚室裡的人，只聽見到處是尖叫聲，以及錫製茶杯敲擊牆壁聲，彷彿所有牢房裡的全體囚徒產生了共識，一場監獄大暴動正在醞釀，弟兄們哪。於是，電燈亮了，警衛們揮動大棍子，身穿襯衣、長褲，戴著帽子衝了進來。只見打架的雙方面色通紅，拳頭揮動，尖叫聲、咒罵聲不絕於耳。

接著我申訴，但每個警衛都說，也許是敝人挑起的，因為我身上一點傷痕都沒有，而這個可怕的囚犯卻嘴裡流著紅紅的鮮血，是我用指甲摳的。這就把我惹急了，我說，假如監獄當局繼續容忍可怕的臭變態狂在我睡著不能自衛的時候跳到我身上的話，我就絕不在那牢房裡睡一夜。「等天亮再說，」他們說。「閣下是不是需要一個附有浴室、電視機的單間呢？好啊，天亮後可以解決的嘛。但現在，小哥兒們，快把你的狗格利佛放到麥弍枕頭上去，誰也不要鬧了。好嗎好嗎好嗎？」他們嚴正警告了大家之後都走了，等電燈一關，我便說自己準備坐通宵，我先告訴那可怕的囚犯：「去吧，如果你喜歡就睡我的床，我不要它了。你這個臭身體睡過之後，床已經髒了。」但其他人插嘴了，猶太大個兒經過剛才的黑夜搏鬥，還在出汗呢，他說：

「我們不吃那套，弟兄們。不要向自以為是的小子屈服。」新來的就說：

「砸碎你的牙齒，猶太佬，」意思是閉嘴，但這是侮辱話。於是猶太大個兒準備發威了。大夫說：

「算了，先生們，我們不想惹麻煩的，是不是？」他以上等人的口吻說，但新囚犯還巴不得打一架呢。可以看出，他自以為人高馬大，想想與六個人關在一起，卻要打地鋪，直到我擺出姿態，這實在有損他的身分。他嘲弄地模仿大夫說：

「喔——，儂不想惹麻煩的，對不對，高射球？」接著，長相平庸、精明、瘦而結實的喬約翰說：

「既然大家睡不好，就來點教育吧。我們的新難友最好接受一頓教訓。」儘管他看來擅長的是「性攻擊」，說話方式倒不錯，平靜而準確。新囚犯嘲笑道：

「奇——扣——酷，小討厭鬼。」這下真的起頭了，卻是以一種奇怪的溫文儒雅的方式，誰都不提高嗓門。新囚犯起先還尖叫幾聲，但猶太大個兒把他按壓在鐵欄杆上，讓外面的微弱紅燈一照就看得見他，城牆拿拳頭揍他的嘴巴，他就只能噢噢噢了。他這人不是很強壯，還手時有氣無力，我想，他是靠大嗓門和說大話來虛張聲勢、彌補不足的。不管怎樣，看到紅血在紅燈下流出來，我感到肚子裡的歡樂又升騰起來了。我說：

「把他交給我吧，繼續吧，現在讓我來對付他，弟兄們。」猶太大個兒說：「耶，耶，小伙子們，那樣才公平。去打他吧，亞歷克死[1]。」他們都站開了，讓我在朦朧中揍這個囚犯。我穿著靴子，沒有繫鞋帶，蹦來跳去的，把他全身打遍了，然後一個掃堂腿，他撲通倒地。我對準他的格利佛狠狠踢了一腳，他噢噢一陣，好像哼哼唧唧地昏睡過去了。大夫說：

「很好，我想這樣教訓就夠了，」他瞇眼看著倒在地上那被揍扁的老頭。「讓他夢見在將來做個好孩子吧。」於是，我們都爬回到自己的鋪位，此刻已經累壞了。弟兄們哪，我所夢見的是身處某個偌大的樂團當中，人數成百上千，指揮像是貝多芬和韓德爾的混合體，看起來又聾又啞，十分厭世的樣子。我位於管樂器部，但所演奏的卻是白裡透紅的巴松管，由血肉鑄成，從我的軀體上生長出來，正好在肚皮中間部位；吹巴松管的時候，我憋不住哈哈大笑，因為它像在搔癢；貝多芬/韓德爾見狀心煩意亂，氣憤不已，他來到我面前，對著我的耳朵尖叫，我就渾身大汗地醒來了。其實，響聲來自監獄信號器，勠勠勠、勠勠勠地響。那是冬日的早晨，我的眼睛淨是眼屎，睜開眼睛，看見整個場所電燈通明，

1 此人發音不準。

就感到刺痛。我朝下面一看，發現新囚犯躺在地上，鮮血淋漓，傷痕累累，依然昏迷不醒。我這才想起昨晚的事情，禁不住笑了笑。

我下了鋪位，赤腳踢蹬他時，卻有一種冷冰冰、硬邦邦的感覺，於是我走到大夫的鋪位搖醒他，他在早上總是醒得很晚。可是他這次迅速下床來了，其他人也聞風而至，只有城牆還睡得死死的。「真不幸，」大夫說。「心臟病發作，肯定沒錯的。」然後他環視我們一圈說：「你們真的不該那樣狠打的，十分失策。」喬約翰說：

「得了得了，大夫，你對他偷拳也是不甘落後的呀。」猶太大個兒轉向我說：

「亞歷克死，你太性急了。那最後兩腳實在太厲害了。」我開始為此忐忑不安，說：

「誰挑起的呢？我只是最後加進來的嘛，是不是？」我指著喬約翰說：「是你的主意。」城牆的鼾聲大作，我就說：「把那個臭雜種叫醒吧，猶太大個兒把他按壓在鐵欄杆上的時候，是他不斷揍他嘴巴的。」大夫說：

「誰也別否認輕輕打過那個人，就算是教訓他吧，但是很顯然是你，好孩子，年輕力壯，可以說是不知天高地厚吧，是你把他置於死地的。真可惜。」

「叛徒，」我說。「叛徒加騙子，」可以預料，兩年前的事情又要重演了：所謂的哥兒們把我撇下，使我落入條子的毒手。從我的眼裡來看，弟兄們哪，世上任何地方都沒有信任可言。喬約翰去把城牆叫醒，城牆忙不迭地賭咒，敝人是真正凶狠毒辣的施暴者。警衛來了，警衛隊長也來了，接著典獄長到了，牢房內的哥兒們一齊響亮地編造著，我為了殺死地上這個血肉模糊的酒囊飯袋、一錢不值的性變態狂，究竟是如何大打出手的。

那是十分怪異的一天，弟兄們哪。死屍被抬走了，全監的囚徒被迫鎖閉在牢房裡待命，沒有分發食物，連一杯熱茶都沒有。我們大家只是坐在那兒，看守或警衛來回巡邏，不時高喊「閉嘴」、「關上屁眼」，哪怕只是聽到任何牢房有一點點的耳語聲。大約早晨十一點鐘光景，有一種凝結和激動的氣氛，就像恐懼的氣息從監獄外瀰漫進來，隨後我們看見典獄長和警衛隊長跟隨著幾個不可一世的大個子快捷地走過，拚命講話。他們似乎一直跑到了通道盡頭，接著只聽到他們又往回走，這次比較慢，金頭髮的胖典獄長渾身是汗，可以聽到他在說著「可是，長官——」，「唉，有什麼辦法呢，長官？」之類的話。一批人在我們牢房前站住，警衛隊長打開牢門。誰是真正的要員，一眼可以認出，個子高大，眼睛碧藍，布拉提真考究，是我所見過的最最可愛的西服，絕對時髦。他的目光掃過我們這些可憐的囚徒，以極有教養的漂亮嗓音說：「政府再也不能墨守過時的監獄管理學理論不放了。把罪犯都圈在一起，然後坐觀其變，你們就開始集中犯罪，在刑罰中犯罪。不久，我們可能要把所有的監獄騰空給政治犯了。」我根本聽不懂這些內容，但畢竟這不是在對我訓話。他接著說：「普通的罪犯，像這批討厭的人（這不僅指我，而且指其他人，他們是真正的罪人，十分危險）最好以純粹的治病救人法來處理。扼殺掉犯罪反射就可以啦。一年後全面展開。刑罰對他們毫無意義，這是顯而易見的。他們喜歡所謂的刑罰，並開始自相殘殺了。」他那嚴肅的藍眼睛轉向我。我壯起膽說：

「恕我冒昧，長官，我強烈反對你剛才說的話。我可不是普通的罪犯哪，先生，我並不令人討厭。別人可能令人討厭，我可不令人討厭。」警衛隊長臉色發紫，大喊：

「閉上你的臭嘴。你難道不知道這位大人是誰？」

「好啦好啦，」大人物說。他轉向典獄長：「可以讓他當先驅嘛。他年輕、膽大、罪大惡極。明天讓布洛斯基來處理他，你可以旁聽。很靈驗的，不必擔心。這個刻薄的小流氓包準會被改造得面目全非。」

這些刺耳的話，弟兄們，就像我獲得自由的序幕。

3

當天傍晚，我被殘酷、喜歡推推搡搡的警衛輕緩地拖下去，到典獄長神聖之至的辦公室見他。他疲倦地看看我說：「我想，今天早晨那人是誰你不知道吧，六六五五三二一號？」還沒等我回答稱是，他就說：「此人的來頭絕不亞於內政部長，他就是新任內政部長，人們說三把火燒得正旺呢。呃，這種稀奇古怪的新想法終於開始實行了，命令總歸是命令，雖然我私下老實對你說，我是不贊成的。我堅決不贊成。要以眼還眼的嘛，我說，有人打你，你就要還擊，對不對？那麼，國家遭到你們這些殘酷成性的流氓重創，為什麼就不該也加以還擊呢？但新的見解是說不。新見解要我們化惡為善，這一切我看是太不公平啦。嗯？」我裝作必恭必敬、十分迎合地說：

「長官。」魁梧的警衛隊長站在典獄長的椅子後面，他立即臉色通紅地大喊：

「關上髒屁眼，你這個人渣。」

「好了，好了，」筋疲力竭的典獄長說。「六六五五三二一號，你要接受改造。明天你去找這個布洛斯基。他們認為，你只要兩個多禮拜就可脫離國家監禁了。兩個禮拜多一點之後，你就可以出去了，再次回到自由的大世界中去，不再是一個號碼，我想。」他說到這裡哼了一下，「這個前景你滿意吧？」我沒有說話，警衛隊長大喊：

「回答呀，小髒豬，是典獄長問你話呢。」我說：

「是的，長官。非常感謝，長官。我在這裡盡力而為了，真的。我對全體有關人員都感激不盡。」

「不必啦，」典獄長嘆氣道。「這又不是立功受獎。絕不是立功受獎。拿去，這個表格要簽名畫押，說明你願意把剩下的刑期減短，同時參加所謂的矯正療法，真是荒謬的名稱。你願意簽字嗎？」

「當然願意簽字的，」我說，「長官，非常非常感謝。」我拿到一枝墨水鉛筆，寫下很飄逸的簽名。典獄長說：

「好的。我想就這樣吧。」警衛隊長說：

「牧師想找他談談，長官。」我被押出去，穿過通道，向羽翼教堂走去。一名警衛一路上推搡著我的格利佛和背脊，但他懶洋洋的，呵欠連天。我被押解著穿過教堂，到了牧師小室後，被推了進去。牧師坐在辦公桌邊，濃烈而清晰地散發出高價菸和蘇格蘭酒如神糧般的氣味。他說：「啊，小六六五五三二一號，請坐。」然後對警衛說：「在外面等好嗎？」他們出去了。然後，他真摯地對我說：「孩子，有一件事我要你領會，就是這一切和我無關。如果是權宜之計，我會提出抗議，但這絕不是權宜之計呀。事關本人事業的問題；事關面對政府中某些高官的嗓門，我的聲音微不足道的問題。我把事情說清楚了嗎？」不清楚哇，弟兄們，但我還是點頭稱是。「這牽涉到非常困難的道德問題呀，」他接著說。「你要被改造成好孩子啦。你再也不會有從事暴力行為的欲望了，無論如何再也不會擾亂國家的治安了。希望你能心領神會，希望你對此要心中有數。」我說：

「哦，向善是美妙的，先生。」可是我在心裡對此哈哈大笑，弟兄們。他說：

「向善不一定是美妙的，小六六五五三二一號。向善可能很糟糕的。我跟你說這個，當然意識到其中的自相矛盾。我知道，自己要為此度過許多不眠之夜。上帝想要什麼呢？上帝是想要善呢，還是向善的選擇呢？人選擇了惡，在某個方面也許要比被迫接受善更美妙吧？深奧難解的問題呀，小六六五五三二一號。可是，我現在所要跟你講的是，如果你在未來任一時刻回顧起這個時代，想起我這個上帝最最卑賤的奴僕，我祈禱，你心裡請千萬不要對我懷有惡意，認為我與即將在你身上發生的事情有什麼瓜葛。說到祈禱，我悲哀地認識到，為你祈禱沒什麼意思。你即將進入超越祈禱力量的領域。事情想起來非常非常可怕。可是，從某種意義上來說，你選擇被剝奪進行道德選擇的能力，也就是已經變相選擇了善。我喜歡這樣想。願上帝保佑我們，六六五五三二一號，我喜歡這樣想啊。」接著他哭了起來，而我卻並沒有十分留意，只是在心中暗暗一笑，因為弟兄們，你們可以看到，他一直在猛喝威士忌，現在又從辦公桌的架子上取下一瓶，在油膩膩的酒杯中倒滿酒，好大的一杯喲。他一飲而盡，說：「一切可能會好的，誰知道呢？上帝的運作是神祕莫測的呀。」接著他以十分飽滿響亮的聲音唱起了讚美詩。門打開了，警衛們進來，把我押回臭牢房，而那牧師還在大唱讚美詩。

喃，第二天早上我就得告別國家監獄啦！我略感悲哀，一個人要離開已經習慣的地方時，總是這樣的。但我並不是遠走高飛，弟兄們哪。我被拳打腳踢著押解到出操的院子外邊的白色新樓，大樓非常新，散發著一種新的、陰冷的塗料黏膠的氣味，令人一陣顫慄。我站在可怕的、空蕩蕩的大廳裡，用我那敏感的鼻子猛一吸，聞到了新的氣味。頗像醫院的氣味。和警衛辦移交的那個人穿著白色外衣，想必是醫院的人。他幫我簽字接收，押解我的凶狠警衛說：「你們要看住這傢伙，先生。他是凶神惡煞，頑劣脾性不會改的，儘管他很會拍牧師的馬屁，還讀《聖經》呢。」但這個新傢伙的藍眼睛真不錯，說話的時候也像在微笑。他說：

「噢，我們並不預先處理任何麻煩。我們會成為朋友的，是不是？」他的眼睛和滿口是閃亮白牙的大嘴巴微笑著，我似乎立刻喜歡上了他。不管怎樣，他把我轉交給穿白色外衣的一個下屬；這位先生也很好，我被領到一間上好的白色乾淨臥室，裝有窗帘和床頭燈，只有一張床鋪，是專為敝人準備的。我內心好好笑了笑，自忖真是交了好運。我奉命脫掉可怕的囚衣，並得到一套極漂亮的睡衣，弟兄們哪，純綠色的，是當時的時髦式樣。我還得到了暖和的晨衣和可愛的拖鞋，不必赤著腳走路了。我想：「嗨，亞歷克斯男孩，從前的小六六五五三二一號，你可是出大運了，一點也沒錯。你確實會喜歡這裡的。」

我領受了一杯上好的純正咖啡，一邊喝還一邊看報看雜誌。之後，這第一位穿白色外衣的人進來了，就是為我簽字的那人，他說：「啊哈，瞧你，」說話的內容真傻，但口氣一點也不傻，這人真不錯。「我叫布拉農大夫，」他說，「是布洛斯基大夫的助手。請允許我為你做簡短的例行體檢。」他從右邊口袋裡掏出聽診器。「我們得確保你身體健康，是不是啊？是的，要確保。」我脫掉睡衣上衣躺好，他按部就班地進行著，我說：

「先生，你們準備的療法到底是什麼樣的呢？」

「哦，」布拉農大夫說著，把冰冷的聽診器順著我的脊背送下去，「很簡單，真的。我們只放一些電影給你看。」

「電影?!」我簡直無法相信自己的耳朵，弟兄們，你們可以理解的嘛。「你是說，」我問，「就像是去電影院？」

「是特殊的電影，」布拉農大夫說。「很特殊的電影。今天下午放第一場。對的，」說著，俯身檢查的他挺起身，「你看起來是個健康的男孩。也許有一點營養不良，一定是牢飯造成的。把上衣穿好吧。每次飯後嘛，」他坐在床沿上說，「要給你的手臂打一針，一切會好起來的。」我對好心的布拉農大夫感激得很。我問：

「先生，是不是維他命？」

「差不多，」他十分善良友好地笑著。「只要每次飯後在手臂上注射一針。」隨後他走了，我躺在床上想，這裡真是天堂啊！我看了些他們給的雜誌——《世界體育》、《電影院》、《球門》。我在床上躺平，閉上眼憧憬著能再次出去有多好啊，或許亞歷克斯會在白天幹些輕鬆愉快的工作，我現在已經超出讀書年齡了，可能晚上會聚集起新的幫派，第一件事就是去找丁姆和彼得，假如他們還沒有被條子抓去。這次我要謹慎行事，省得被捉。在我犯了謀害性命的事之後，他們要再給我一次機會，而且他們還不厭其煩，給我看促使我改弦更張的電影，再次被捉就不公平了呢。我對眾人的天真捧腹大笑，他們用托盤端來午飯的時候，我還在哈哈大笑。端托盤的是帶我來到小臥室的那個人，他說：

「知道有人很開心，真好。」他們擺在托盤上的食物真是令人開胃——兩三片烤牛肉，還有馬鈴薯泥和蔬菜，外加冰淇淋和一杯熱茶，甚至有一枝香菸，火柴盒裡有一根火柴。這樣看來才像是人生，弟兄們哪。大約半個小時後，我在床上似睡非睡的，女護士進來了，一位十分姣好的姑娘，乳峰挺拔，我已經整整兩個年頭沒見過了，她帶著盤子和打針器具。我說：

「啊，是維他命吧？」我向她咂咂嘴，但她不理睬。她只顧把針頭捅進我的左臂，那維他命什麼的就嘶嘶注射進去。隨後她出去了，高跟鞋喀喀作響。活像男護士的白大褂進來了，推著輪椅，我見了頗為吃驚。我說：

「出了什麼事呀，兄弟？我肯定能走路，不管去什麼地方。」但他說：

「我最好推著你去。」真的，弟兄們哪，我下床以後，發現自己有點虛弱。這就是布拉農大夫所說的營養不良，都怪糟糕的牢飯。不過，飯後打的維他命針會把我醫好的。這毫無疑問，我想。

4

我被推去的地方，一點也不像以前見過的電影院。的確，一面牆被銀幕所覆蓋，對面的牆上是幾個方孔，供放映之用，整個地方掛滿了立體聲喇叭，但另外兩堵牆的右邊一堵則排滿了小儀表。地板中間面對銀幕處有一張牙科椅，各種各樣的電線從椅子伸出來，我不得不從輪椅上爬出來，由另一個穿白色外衣的男護士扶著坐上了牙科椅。此刻我注意到放映孔下面遮著毛玻璃，隱隱約約有人影在後面移動，還聽見有人咳嗽，咳咳咳。但當時我特別留意的是，身體顯得那麼虛弱，我把這歸咎於從牢飯到新的豐盛飲食的轉變和維他命針的緣故。「好啦，」推輪椅的傢伙說，「現在不管你了。等布洛斯基大夫一到，電影就開演。希望你會喜歡。」說實話，弟兄們，今天下午我並不希望看電影的，就是沒情緒看。我倒更喜歡在床上靜靜睡一覺，靜悄悄的，就我一個人。我感到全身軟綿綿的。

事情是這樣的，一個白大褂一邊哼唱著臭狗屎般的流行歌曲，一邊把我的格利佛用皮帶綁縛在頭托內。「這是幹什麼？」我問。這傢伙稍微中斷一下哼唱，回答說，頭托可以固定我的格利佛，使我保持直視銀幕。「可是，」我說，「我願意看銀幕的呀。既然被帶來看電影，我就會看。」室內一共有三個穿白色外衣的人，其中一個是坐在儀表板那邊調節旋鈕的小妞。聽到我的話，另一個男的嘻嘻笑著說：

「難以預料的。世事難料哇。信任我們吧，朋友。這樣更好些。」接著我發現，他們正把我的雙手綑綁在椅子扶手上，而我的雙腳則像黏在擱腳板上似的。這在我看來有點瘋狂，但我任由他們擺布著。假如能在兩個禮拜之後成為自由自在的小伙子，在此期間再苦也忍著吧，弟兄們哪。不過，有一件事情我不喜歡，那就是他們把夾子夾住我的額頭皮膚，使上眼皮提拉得吊起來，不管怎樣都閉不上眼睛。我苦笑著說：「你們這麼希望我看這部電影，一定是貨真價實的好片子吧。」白大褂笑著說：

「好片子是對的，朋友。真正的恐怖戲啦。」接著我的格利佛上被套了一頂帽子，只見上面伸出大量的電線，他們還在我的肚皮上貼吸盤，有一個貼在肚臍眼上，我剛好能看見電線伸出來。隨後有開門的聲音，從下屬白大褂拘謹的樣子可以看出要員的來臨。接著，我見到了這位布洛斯基大夫，個子不高，很胖，鬈髮披頭，粗短的鼻子上架著厚厚的眼鏡。我眼角剛好能看到他穿著極具品位的西裝，絕對的時髦，身上還散發出手術示範教室特有的微妙氣味。布拉農大夫緊隨其後，笑容可掬，似乎要給我信心。「一切就緒了？」布洛斯基大夫喘著粗氣問。只聽見遠處幾個人說，對對對，然後附近也有人答應。此後出現輕輕的嗡嗡聲，好像開關打開了。電燈熄滅，你們的小說敘事者兼朋友——敝人孤零零地坐在黑暗中，心中萬分恐懼，身體動彈不得，眼睛閉不上，什麼都不能動。此時，電影開始放映，喇叭裡傳出響亮的背景音樂，十分猛烈，充滿了不和諧音。銀幕上的畫面出現了，沒有片名和製作名單。場景是大街，可以是任何城鎮的任何街道，那是個黑夜，點著路燈。電影的品質是符合專業標準的，不像偏僻街道居民家中放映的那種荒腔走板的電影，會出現閃亮和色斑。音樂不停地嘭嘭送出，令人毛骨悚然。畫面上出現一個老頭子，非常衰老，在街上躑躅，而兩個穿著時髦的傢伙撲上去，這時依然流行細腿褲，當然寬領帶已經讓位給真正的領帶了。兩個人開始戲弄老頭，可以聽見尖叫和呻吟，十分逼真，甚至能聽清兩個拳打腳踢者的喘氣聲。他們把老頭揍成了肉餅，拳頭啪啪打個不停，布拉提被撕開後，打赤膊的老頭還領受了一頓靴子踢，直到血淋淋的軀體躺倒在排水溝的污泥中才作罷，兩個流氓迅速逃走了。下面是挨揍老頭的頭部特寫，流淌的紅血真漂亮。真有趣，現實世界的色彩只有在銀幕上看到時才顯得真切。

在觀看電影的整個過程中，我漸漸感覺到不那麼受用的味道，而我把這歸咎於營養不良、腸胃還不適應豐盛的飲食和維他命針的緣故。不過，我盡力加以忘懷，凝神觀看迅速接上的第二部電影；弟兄們哪，一點休息的時間都沒有。這次，鏡頭直接跳躍到正遭輪姦的小姑娘身上，先是一個男孩，接著又是一個，又是一個，又是一個，透過喇叭，她大聲尖叫著，於此同時播放著十分傷感的悲劇音樂。很真實，栩栩如生，但只要好好想想，你是無法想像有人會真的同意在電影裡讓別人對自己這樣幹的，如果電影是好人或國家監製的，也無法想像會允許拍這些鏡頭，並對正在發生的事情不予干涉。所以，肯定是聰明的剪輯搞出來的，所謂的蒙太奇手法罷了，確實是栩栩如生啊。輪到第六、七個男孩睨視、淫笑、抽送的時候，小姑娘在狂叫，我就感到噁心了。好像是全身疼痛，感到既想嘔吐、又不想嘔吐；我開始感到荒野遇險一般，而身體卻固定在椅子上動彈不得，弟兄們哪。這部電影結束後，只見布洛斯基大夫的聲音從配電盤那邊傳來：

「反應是接近十二點五嗎？有希望，有希望。」

接著我們直奔另一部電影，這次只有一張面孔，一張非常蒼白的人臉，保持不動，對著它做各種各樣的噁心動作。我肚子疼痛，渾身流汗，口渴難忍，格利佛在噗噗噗跳動；我覺得要是能不看這鏡頭，也許就不會那麼噁心了。但我無法閉上眼睛，即使轉動眼球，仍然無法擺脫畫面上的火線。我不得不繼續觀看著那些動作，傾聽這面孔發出的恐怖嚎叫。我知道這不可能是真實情況，但那無濟於事。我看到剃刀先是挖出一隻眼睛，然後劃下面頰，接著嘩嘩嘩亂割一氣，鮮血噴射，濺到攝影鏡頭上，於是我拚命喘息，卻無法嘔吐。其後是老虎鉗把所有的牙齒擰下來，尖叫和流血令人不忍卒睹。此時，只聽見布洛斯基大夫非常滿意的聲音：「妙極，妙極，妙極。」

下面一部電影是關於開店老太婆的故事，一夥男孩一邊大笑，一邊把她踢來蹬去，他們先砸了店鋪，然後放火燒掉。只見可憐的老太婆尖叫著，拚命想從火海中爬出來，但一條大腿已經被強盜們踢斷，根本挪動不了。熊熊大火捲到她的周圍，只見痛苦的面孔透過烈焰哀訴著，最終被火舌吞噬，隨後聽到一陣人類發出的最最響亮、最最痛苦、最最揪人心肺的喊叫。這次我自知一定要嘔吐了，所以喊道：

「我要吐。請讓我嘔吐吧。請送嘔吐臉盆來。」但布洛斯基大夫回答：

「只是想像而已。你沒有什麼可以擔心的。下面的電影要播放了。」那可能是開玩笑吧，因為我聽見黑暗中有人在偷笑。接下來我被迫觀看了極其噁心的日本式折磨鏡頭；關於一九三九到一九四五年的二次大戰，有士兵被釘在樹上，在他們下邊點火，他們的卵袋被割下，甚至有士兵的格利佛被人用劍砍下來，在地上打滾，嘴巴和眼睛還會動，無頭的軀體還在跑動，頭頸的鮮血如噴泉一般噴出，然後才倒地；於此同時，日本人在哈哈大笑。現在我感到肚子痛、頭痛，口渴難忍，而且發現那恐怖的場面像要從銀幕上跑下來似的。於是我喊道：

「停止放電影！拜託，停了吧！我再也忍受不了了。」這時，布洛斯基大夫的聲音說：

「停？你是說『停』？嗨，我們才剛剛開始呢。」他和眾人哈哈大笑著。

5

那天被迫觀看的其他可怕鏡頭，弟兄們，我實在不想描述了。這挖空心思的布洛斯基大夫、布拉農大夫和其他白大褂們，記得那兒還有這轉動旋鈕、觀察儀表的小妞，肯定比國家監獄內的任何囚犯更加骯髒不堪、臭不可聞。我萬萬沒料到，有人甚至會想得出將強迫我看的東西拍成電影，而且把我綁在椅子上，眼睛繃得大大的。我別無他法，只能大聲呼叫，請他們關掉，關掉，這稍微掩蓋了打鬥和戲弄的聲音，壓低了背景音樂。我終於看完了最後一部電影，布洛斯基大夫打著呵欠，以厭煩的口吻說：「我看第一天這樣算了，你說呢，布拉農大夫？」

此刻，你們可以想見我的解脫心情。電燈亮了，我坐在那兒，格利佛就像製造痛苦的龐大發動機在撲通撲通直跳，嘴巴乾澀，唾沫不少，感到可以把斷奶以來吃過的每一口食物嘔出來，弟兄們哪。「好吧，」布洛斯基大夫說，「可以把他送回鋪位了。」然後他拍拍我的肩膀說：「好啊，好啊，很好的開端，」滿臉笑容啊，接著他搖搖擺擺地出去了，後面跟著布拉農大夫；可是，布拉農大夫朝我很哥兒們而同情地笑笑，彷彿他與這一切無關，跟我一樣身不由己。

不管怎樣，他們把我從椅子上解放出來，放開了眼睛上方的皮膚，又可以眨眼了，我閉上眼睛，弟兄們哪，格利佛裡還在疼痛，脈搏悸動；隨後，我被抬上輪椅，送回小臥室，推輪椅的隨從在拚命哼唱嘰嘰喳喳的流行音樂，惹得我咆哮道：「你給我住嘴，」但他只是笑了笑說：「別介意，朋友，」唱得更響了。我被抬到床上躺好，仍然感到噁心，睡不著，但心裡很快開始感到，很快我就可以開始感到，我可能不久後會開始感到略微好一些。這時，熱氣騰騰的好茶端來了，還有大量的牛奶和白糖，一喝上那個，我知道那可怕的惡夢過去了，結束了。然後，布拉農大夫進來了，笑容可掬。他說：

「嗨，根據我的計算，你應該開始感到恢復正常了。對嗎？」

「先生，」我警惕地說，我還沒有搞懂，他提起「計算」是什麼意思？我認為從噁心到恢復是個人的事情，與「計算」有什麼關係？他在床沿上坐下來，十分友善且夠哥兒們似的說：

「布洛斯基大夫對你很滿意。你的反應很積極。當然，明天有兩個場次，上午和下午，我猜你一天下來會感到有點無精打采。但我們不得不嚴格要求，一定要把你治好。」我說：

「你是說，我不得不耐心看完——？你是說，我不得不看——？不行啊，」我說。「很可怕的。」

「當然可怕啦，」布拉農大夫笑了笑。「暴力是很可怕的東西。你正在學習這一點，你的身體在學習。」

「可是，」我說，「我不懂啊。我不懂剛才那樣的噁心感。我以前從未感到噁心過。我過去的感覺恰恰相反。我是說，我以前那樣做或者看到那樣，都感到十分暢快。我就是不懂為什麼，或者怎麼，或者什麼——」

「人生是非常美妙的東西，」布拉農大夫以非常神聖的口吻說。「人生的過程，人類有機體的構造，誰又能充分懂得這些奇蹟呢？當然，布洛斯基大夫是個奇才。你身上所發生的，就是健康的人類有機組織注視惡勢力、破壞規則運作時的正常反應。你正在被造就得精神健全、身體健康。」

「我不會擁有那個的，」我說，「也根本不會懂得。你們所做的，會讓我非常非常不舒服。」

「你現在感到不舒服嗎？」他問，依然一臉友善。「喝茶，休息，與朋友靜靜地談心——想必你的感覺只好不壞嘍？」

我一邊聽，一邊小心地去體會格利佛和軀體內的痛楚和嘔吐感，的確沒錯，弟兄們，我感覺十分暢快，甚至想吃晚飯了。「我不明白，」我說。「你們肯定做了些什麼，使我不舒服。」想起來我不由得對那事皺皺眉。

「下午不舒服，」他說，「是因為你在好轉。我們健康的人對於可惡東西的反應是害怕和噁心。你正在康復，事情就是這樣。明天這個時候，你會變得更加健康的。」然後他拍拍我的腿出去了，而我盡全力想把整個事情想出個所以然。看起來好像是搭在身上的電線什麼的造成了我的不舒服，那可全是一場惡作劇啊。我還在盤算這一切，不知明天該不該拒絕被綁到椅子上？是否要跟他們挑起一場惡鬥？因為我要人權。突然，另一個人來看我了。他是個笑咪咪的老頭，自稱是什麼釋放官，他帶來了很多紙張。他問：

「你出去後想去哪裡？」我壓根兒沒有考慮過這檔子事兒，到現在才突然醒悟，我很快就要自由了。接著我意識到，只有迎合大家的意願，事情才會那樣發展，絕不可挑起惡鬥呀、喊叫呀、拒絕呀什麼的。我說：

「哦，我要回家呀。回到我的P和M身邊。」

「你的——」他不懂納查奇語，所以我解釋道：

「溫馨公寓中的父母呀。」

「知道了，」他說，「上次你父母是什麼時候來探監的？」

「一個月前，」我說，「很接近一個月。有一陣子他們中止了探監日，因為有囚犯透過鐵絲網從他女人那裡私運了炸藥。狗屎惡作劇，跟好人過不去，把大家都連累了，所以離上次探監快個把月了。」

「知道了，」這人說。「你的父母有沒有得到通知，說你已經被調動，並即將被釋放了？」「釋放」那兩個字聽起來格外悅耳。我說：

「沒有。」我接著說：「那對他們可是一場驚喜呀，對不對？我直接從門口走進去說：『我回來啦，又自由了。』對，真暢快。」

「對，」釋放官說，「我們到此為止吧。只要你有地方住就行。哦，還有你的工作問題，對不對？」他給我看了一份我可以做的工作長清單，但我想，哎，這有的是時間考慮。先來個小假期。我一出去就可以進行個搶劫工作，把口袋塞滿花票子，但一定得小心行事，而且得單槍匹馬地幹。再也不信任所謂的哥兒們啦。於是，我告訴那人慢慢考慮工作，改日再談。他說對對對，隨後準備走了。他的表現十分古怪，現在他格格笑著說：「我走之前，你想打我的臉一拳嗎？」我想我沒有聽清楚，所以問：

「哦？」

他格格笑著，「我走之前，你想打我的臉一拳嗎？」我皺皺眉，十分迷惑地問：

「為什麼？」

「哦，」他說，「只是想看看你的進展如何。」他把面孔湊近，嘴巴笑開了花。於是，我攥緊拳頭，朝這張面孔砸過去，但他旋即把臉縮了回去，仍然笑嘻嘻的，我的拳頭只打到了空氣。真是莫名其妙，他哈哈大笑著離去的時候，我皺著眉。接著，弟兄們，我又感到噁心了，就像下午時一樣，但只有幾分鐘光景，隨後就迅速消退。他們送晚飯來時，我發現胃口不差，準備大啃烤雞了。可是老頭討打的面孔真是好笑。那樣噁心的感覺也很好笑。

那晚我睡著的時候，還要更好笑呢，弟兄們哪。我做了惡夢，可以想見，內容是下午看到的電影。夢或惡夢不過就像是你的格利佛裡面的電影，只不過人好像能走進夢境，參與其中。這就是我身上所發生的事情。那是關於下午臨結束時觀看的鏡頭的惡夢，它是描述笑嘻嘻的男孩們對一個小姑娘實行超級暴力，她倒在紅紅的血泊中尖叫，布拉提統統被剝去了，真暢快。我在其中一邊大笑，一邊戲弄，身著納查奇時裝，充當帶頭大哥。就在打鬥和推搡熱火朝天之際，我感到麻痺，很想大吐一番，其他男孩都衝著我嘲笑。隨後，我掙扎著想要醒過來，踏著自己的鮮血，小桶的、中桶的、大桶的鮮血，最後回到房內的鋪位。我想嘔吐，所以顫抖著下了床，去走廊另一端的盥洗室。可是，弟兄們看哪，房門上了鎖。我一轉身，第一次發現窗戶上裝著圍欄。所以，我去取放在床邊小櫥中的痰盂，意識到這一切是無可逃避的。更糟糕的是，我不敢回到自己正在睡覺的格利佛裡去。我很快發現，其實自己並不想嘔吐，但此時我已經不敢回床上睡覺了。不久，我啪嗒一聲睡著了，此後再沒有做夢。

6

「停，停，停，」我不斷喊叫著。「關掉啦，狗雜種，我忍受不了啦。」第二天，上午、下午，我竭盡全力迎合他們，在折磨椅上笑咪咪地扮演爽快合作的孩子，任由他們放映噁心的超級暴力鏡頭，眼睛被夾起而持久地張開，一覽無遺，身體、雙手、雙腳固定在椅子上，絲毫動彈不得。現在逼迫我觀看的，倒是從前我會認為不太壞的東西，不過是三、四個男孩洗劫商店，往口袋裡塞葉子，同時戲弄開店的老太婆，打得她大聲尖叫，讓紅紅的鮮血奔流出來。可是，格利佛裡的跳動和轟隆轟隆轟隆聲、作嘔感、乾巴巴且焦躁的口渴感，都比昨天嚴重得多。「噢，我受夠了！」我喊道。「不公平啊，臭淫棍們，」我掙扎著想擺脫椅子，根本不可能，簡直像是黏在上面似的。

「太優秀了，」布洛斯基大夫喊道：「你的表現真不錯。再來一次，我們就成功了。」

現在又來老掉牙的二次大戰故事了，影片上淨是斑點劃痕，看得出是德國兵拍的。開場是德國的老鷹徽章和納粹旗幟，上面有所有學童喜歡畫的卐字，接著是高傲而不可一世的德國軍官穿過彈坑和斷垣殘壁，走在塵土飛揚的街道上。然後讓你看靠牆被槍斃的人，軍官下令開槍，可怕的裸屍橫陳於水溝中，滿眼的赤裸肋骨和瘦削白腿。接著有人被拖走，一邊還遭到推搡，電影聲帶中沒有尖叫聲，只有音樂聲，弟兄們。此刻，儘管我痛苦不堪、噁心不已，卻注意到電影聲帶中劈劈啪啪、嘭嘭嘭嘭作響的是什麼音樂，是貝多芬《第五號交響曲》的最後樂章啊，我隨即拚命喊叫。「停！停！討厭的臭淫棍。這是罪孽，一點也沒錯，骯髒的、不可饒恕的罪孽，狗雜種！」他們並不立即停下，因為只有一兩分鐘的時間就放完了——人們慘遭毒打，血淋淋的，然後是更多的行刑隊、納粹旗幟和「結束」。當電燈點亮時，布洛斯基大夫和布拉農大夫站在我面前，布洛斯基大夫說：

「你所說的罪孽是指什麼？」

「就是，」我感到十分噁心，說：「那樣濫用貝多芬。他可沒有傷害任何人。貝多芬僅僅創作了音樂。」隨後我萬分噁心，他們不得不拿來一個腰形的盆子。

「音樂，」布洛斯基大夫沉思著說。「原來你熱中音樂。我自己是一竅不通。它是有用的感情提升劑，這我是知道的。好啊，好啊。你看怎麼樣，布拉農？」

「這是無可奈何的，」布拉農大夫說。「人人都扼殺自己所熱愛的東西，正如詩人囚犯所說的。也許這就是懲罰要素。典獄長應該滿意了。」

「給點喝的吧，」我說，「看在上帝的分上。」

「解開他，」布洛斯基大夫命令道。「給他一玻璃瓶的冰水。」部下們行動起來，不久我就喝了一加侖一加侖的冰水，弟兄們哪，就像進了天堂。布洛斯基大夫說：

「你看上去夠聰明的，似乎也不是沒有品味。你只是天性中恰好有這種暴力玩意兒，是不是？暴力和竊盜，竊盜是暴力的一面。」我一句話也不說，仍然感到噁心，但現在好些了。這一天糟糕透了。「好了，聽著，」布洛斯基大夫說，「你認為這是怎麼完成的？告訴我，你認為我們對你做了什麼呢？」

「你們使我感到噁心，看了你們放的骯髒變態電影，我就感到噁心。但其實也不是電影在起作用啊，只是我覺得，如果你們停止放電影，我就會停止噁心的。」

「對，」布洛斯基大夫說。「這就是聯想，是世上最古老的教育方法。是什麼才真正使你感到噁心的呢？」

「來自我格利佛和身體內這種骯髒淫穢的東西呀，」我說，「就是它。」

「奇了，」布洛斯基大夫像在微笑似地說，「部落方言。你知道它的詞源嗎，布拉農？」

「這些是零零星星的押韻俚語，」布拉農大夫答道，他已經不那麼顯得像朋友啦。「還有一點吉普賽話。但詞根大多數是斯拉夫語系的。赤色宣傳，下意識的滲透。」

「好吧，好吧，好吧，」布洛斯基大夫說，很不耐煩，似乎不再感興趣了。「喏，」他對我說，「不是電線的原因。跟綑在你身上的東西無關，那只是測量你的反應用的。那麼它是什麼呢？」

我此刻醒悟了，當然嘍，我真是個大傻瓜，沒有注意到是手臂上的皮下注射呀。「噢，」我喊道，「噢，現在我明白了。骯髒的狗屎惡作劇，背信忘義，操你的，你們休想再得逞了。」

「很高興你提出了異議，」布洛斯基大夫說。「我們現在可以把它弄清楚了。我們可以用各種各樣的方法，把路氏發明的這種物質送進你的體內，比如口服，不過皮下注射法是最佳的。請不要對抗，對抗是沒有意義的。你不可能戰勝我們的。」

「臭雜種，」我啜泣著說。「我對超級暴力之類的狗屎倒無可奈何，我甘心忍受，但是對於音樂卻不公平。我聽到可愛的貝多芬、韓德爾等人的音樂就感到噁心，這不公平啦。這一切表明你們是一批醜惡的雜種，我永遠不會饒恕你們的，淫棍。」

他倆顯得若有所思。後來，布洛斯基大夫說：「設定界限總是困難的。世界是一體的，人生是一體的。最最甜蜜、最最美好的活動也涉及一定程度的暴力——比如說愛的行為，比如說音樂啦。你必須碰碰運氣，孩子。這些選擇始終是你自己的。」這些話我沒有全懂，但此時我說：

「你們不必再搞下去了，長官。」我狡猾地調整了態度。「你們已經向我證明，所有這些打鬥、超級暴力、殺戮是錯錯、大錯特錯的。我已經得到了教訓，長官們。我現在明白了從前所不明白的東西。我痊癒了，讚美上帝。」我以神聖的方式把眼睛抬向天花板。但兩個大夫悲哀地搖搖格利佛，布洛斯基大夫說：

「你還沒有痊癒呢，還有許多事要做的。只有當你的身體像見到毒蛇一樣對暴力產生迅捷而強烈的反應，不需要我們進一步幫助，不用藥物，只有那時——」我說：

「可是，長官，長官們，我明白那樣是錯了。錯就錯在它反社會，因為地球上人人都有生存的權利，幸福生活不能伴隨著毒打、推搡和刀刺。我學會了很多，真的很多。」但布洛斯基大夫聽了大笑一陣，露出全副白牙，說：

「理性時代的異端邪說，」還有一些諸如此類的話。「我明白什麼是對的，並加以稱許，但錯的東西要照做不誤。不，不，孩子，你必須把一切交給我們，而且對此要感到高興。很快就會圓滿結束的。不消兩個禮拜，你就獲得自由啦。」隨後他拍拍我的肩膀。

不消兩個禮拜。弟兄們、朋友們哪，它長久得就像人生一世似的，就像從世界首日到世界末日。不減刑而服完國家監獄的十四年徒刑，根本不能和它相提並論。天天都是老套。不過，與兩位大夫談心四天後，那小妞拿著注射液走過來時，我說：「哦，你不能，」一邊推開她的手，針筒掉在地上叮噹啪噠一響。那是為了觀察他們怎麼做。他們呢，讓手下四、五個大個兒白大褂雜種把我摁在鋪位上，獰笑的面孔緊貼我的臉，推搡著我，隨後這護士小姐說：「你這邪惡頑皮的小魔鬼，」同時用另一管針筒猛刺我的手臂，殘酷地把這物質噴進去。最後，我筋疲力竭了，和以前一樣被輪椅推到地獄般的電影院。

每天，弟兄們，電影都是大同小異，全是拳打腳踢，紅色鮮血從面孔和身體上滴下，濺得滿鏡頭都是。通常是穿著納查奇時裝、獰笑著的男孩子，也有嘿嘿竊笑的日本折磨者，或者凶殘的納粹踢人者和射擊手。日復一日，噁心、頭痛、牙痛、嚴重的口渴、生不如死的感覺變本加厲。直到有一天早晨，我試圖透過掉頭撞牆，一撞撞到不省人事，來擊敗這些雜種，可是結局卻是，看到這種暴力頗像電影中的暴力，我感到噁心，所以反而筋疲力竭，聽憑他們打針，照樣推走了事。

後來有一天早晨，我醒來，吃完了早餐，嚥下雞蛋、吐司、果醬、熱氣騰騰的奶茶之後，我突然想到：「現在不會太久了。肯定非常接近結束時間了。我已經吃盡苦中苦，也就不再有什麼苦可受了。」我等呀等，等女護士拿針筒進來，而她卻沒有來。出現的是穿白色上衣的跟班，他說：

「老朋友，今天我們準備讓你走著去。」

「走著去？」我問。「去哪裡？」

「老地方，」他說。「是啊，是啊，不要這麼吃驚嘛。你要步行去看電影，當然由我陪著。不要再坐輪椅了。」

「可是，」我說，「可怕的晨間注射怎麼辦？」我對此真的非常意外，他們是多麼熱中於把所謂的路氏物質注入我體內啊。「不必再在我可憐痛苦的手臂上注射那可怕又噁心的物質啦？」

「都結束了，」這傢伙笑笑。「永遠永遠的阿門。你現在可以獨立自主了，孩子，步行去恐怖的地方，但身體還是要綁牢，強制觀看。來吧，小老虎。」我只得披上長袍，穿上拖鞋，穿過走廊去那電影院。

弟兄們哪，這次我不但分外噁心，而且格外迷惑。老套又來了，那些個超級暴力，人們被打得格利佛開花，鮮血淋漓的姑娘尖聲求饒，這是私下的個別戲弄和作惡；另外有戰俘營和猶太人，灰濛濛的外國街道上充斥著坦克、軍裝，人們在摧殘一切的槍聲中應聲倒下，這是一般社會的暴力。這次我感到噁心、口渴、疼痛，除了被迫看電影這事，其他什麼都不能怪罪了；我的眼睛仍然被夾住張開，腳和軀體還被綁在椅子上，但身體和格利佛上的電線之類全部撤去了。所以，除了正在觀看的電影，還有什麼在對我起作用呢？當然，除非這路氏物質變成了疫苗，在我的血管裡游弋，一看到超級暴力，總是永遠永遠阿門地使我感到噁心。於是，我張大嘴巴哇哇哭起來，眼淚就像天賜的銀色流動露珠，掩住了強迫我觀看的東西。但這些白大褂雜種很快拿來了手帕，擦去淚水後說：「好啦好啦，都是些哭哭啼啼的小鬼頭。」老套又來了，清清楚楚地展現在眼前，德國兵在驅趕，猶太人在哀乞哭泣，男女老少都要進毒氣室等候斃命。我不得不再次哇哇哭起來了，他們便過來擦乾眼淚，動作神速，不容我錯過正在放映的一點點內容。這是極可怕又恐懼的一天，弟兄們，僅有的朋友們哪。

我吃完晚飯，肚子裡塞飽了肥膩的羊肉濃湯、水果餡餅、冰淇淋，便躺在鋪位上獨自想心事：「該死該死該死，現在出去，可能還有機會的。」不過我沒有武器。我在這地方不許保存剃刀，每兩天會有一個禿頂胖子幫我刮鬍子，早飯之前到我床邊來刮，有兩個白大褂雜種跟著，確保我很乖，不施暴。我的手指甲被剪掉，銼得短短的，免得抓傷人。我進攻起來依然迅捷，但身體經過軟化，比起當初的自由日子來，顯得力不從心，徒有其表。於是我下了床，跑到上鎖的門邊，暢快地猛擊門板，一邊大喊：「救命救命啊。我想吐，我快死了。大夫大夫大夫，快點吧，求你了。我要死了，要死了。救命。」喉嚨喊乾了，疼痛得很，就是沒人來。後來才聽到走廊上有腳步聲，有抱怨的聲音，我認出是天天送吃的、陪我去受罪的那個白大褂。他嘟噥道：

「什麼事？出什麼事啦？你在裡面搞什麼飛機？」

「哦，我快死了，」我呻吟著。「哦，側腹劇痛。是盲腸炎。喲——。」

「盲腸個屁，」這傢伙嘟噥道；接著，我高興起來，因為聽到了鑰匙的錚錚聲。「如果你裝蒜，小朋友，那麼我和朋友們會整夜對你拳打腳踢的。」然後他打開門，為我帶來了一股有希望奔向自由前途的芬芳氣味。他推開門，我正躲在門後呢，只見他憑著走廊的燈光，迷惑地四下找我，於是我掄起兩個拳頭，狠狠地砸他的頭頸。正在此刻，我發誓，我好像預見他倒地呻吟或昏厥的慘狀，正當我心中欣快升騰的一刻，身上的噁心感也忽如浪潮一般湧起，隨之感到一陣嚴重的恐懼，似乎自己真的要嗚呼哀哉了。我踉踉蹌蹌地靠近床鋪，呃哼呃哼呃哼呻吟著，那傢伙並沒有穿白色上衣，而是披著長睡袍，他把我心中的盤算看得清清楚楚，脫口而出：

「嘿，什麼事都有個教訓，是不是？你可以說是每時每刻都在學習呀。來吧，小朋友，爬起來，打我呀。是我要你打的，真的。狠狠揍下巴呀。唉，我渴望挨揍，千真萬確的。」可是，我力所能及的，也就是靠在那裡啜泣，哇哇哇。「社會人渣，」這傢伙嘲笑道。「狗屎堆。」他拽住我的睡衣頸背，拖我起來，我已經軟綿綿地癱倒了，他掄起右臂甩過來，我的面孔乾淨地吃了一記老拳。他說，「這是為了把我騙出被窩，你這個小畜生。」他沙沙沙沙搓搓雙手走掉了。鑰匙在鎖眼裡嘎扎轉動。

弟兄們，此刻我在夢鄉必須躲避的是那種可怕而錯亂的感覺，也就是挨打比打人更好。假如那傢伙沒走掉，我倒會把另一邊的面孔也湊過去。

7

接到通知時，弟兄們，我無法相信這是事實。似乎我在那個臭地方待了無窮無盡的時間，以後更要在裡面再待無窮無盡的時間。但那時間始終是兩個禮拜，而現在他們說兩個禮拜即將要結束了。他們說：

「明天，小朋友，出去出去出去。」他們伸出大拇指，指向自由。那個揍我的白大褂，仍然替我送飯、陪我去例行折磨的人說：「但你面前還有十分重大的一天，那就是你的畢業日。」說著他睨視一笑。

這天早上，我期待著照常身穿睡衣、拖鞋、長袍去電影院。然而不是的。這天早晨，我領到了襯衫、內衣和我那夜穿的布拉提及上好的踢蹬靴子，這些東西都好好地洗過、燙過、擦過。我甚至領回了長柄剃刀，那是過去的快樂時光中用於戲弄打鬥的。我一邊穿衣，一邊迷惑地皺皺眉，可那白大褂跟班只是笑，一聲不響，弟兄們哪。

我被客客氣氣地帶到老地方，但那裡已經面目全非。銀幕前拉了布幕，放映孔下面的毛玻璃不復存在，也許它是像百葉窗、窗簾一樣可以拉起放下的。以前只有咳嗽聲和晃動的人影的地方，出現了真正的觀眾，其中有我熟悉的面孔。有國家監獄典獄長、被稱做牧師的神職人員、警衛隊長，以及那位穿著考究、不可一世的內政部長（不如叫差勁部長）。其他人我一概不認識。布洛斯基大夫和布拉農大夫也來了，但沒有穿白色上衣，而是穿著醫務界要人會客時所穿的時裝。布拉農大夫站著，而布洛斯基大夫站在那裡向全體與會者做學術報告。他見我進來，就說：「啊哈，先生們，到了這個時候，我們要介紹實驗對象跟大家見面。如你們所見，他身體健康，營養良好。他剛剛睡醒，吃過豐盛的早餐，沒有用藥，沒有催眠。明天，我們就要滿懷信心地放他回到這世界上，你們完全可以把他當做良辰美景中遇到的普通體面小伙子，談吐友善，樂於助人。先生們，這裡有些什麼變化呢？兩年前國家判決這個卑鄙的流氓來服徒勞無益的徒刑，兩年後一切依舊。我說了一切依舊嗎？其實也未必吧。監獄教會他各種惡習，比如皮笑肉不笑啦，假惺惺地扭捏搓手啦，卑躬屈膝地諂媚啦；他除了強化以前的惡習，還學會了別的穢行。得了，先生們，閒話少說，事實勝過雄辯。現在讓事實說話。請看。」

我被這番話搞得糊里糊塗，正在心中揣測，這一切是否是在講我的事情。這時電燈全部熄滅了，放映窗口射出兩束聚光燈，一束照著敝人，即謙卑且災難深重的敘事者。一個我從未見過的彪形大漢走到另一束燈光裡。他有一張胖臉，八字鬍，近乎禿頂的格利佛上黏貼著幾綹頭髮；他大概三十、四十或五十歲，反正滿老的。他走到我跟前，聚光燈緊跟著，兩束光相會，組成一大片亮光。他輕蔑地對我說：「喂，垃圾堆。呸，好臭，肯定不大洗澡的。」接著，他好像開始跳舞，不斷踩我的腳，左腳，右腳，隨後他用手指甲彈我的鼻子，痛極了，我的眼淚都流出來了，接著他像開收音機一樣擰我的左耳。只聽見觀眾中傳出吃吃的笑聲，幾聲暢快的哈哈、哈哈。我鼻子、雙腳、耳朵刺痛，苦不堪言，便問道：

「你幹麼這樣弄我？我可沒有幹對不起你的事，老兄。」

「哦，」這傢伙說，「我這樣做，」又彈了我的鼻子兩下——「那樣做，」——擰我那疼痛不已的耳朵——「還有這個，」——狠狠蹬我的右腳——「就因為看不慣你可怕的德行。不服氣的話，來呀，動手，請動手呀。」我知道，拔剃刀的動作一定要非常神速，免得致命的噁心感湧上來，把快樂的戰鬥變成垂死的感覺。可是，弟兄們，當我伸手到內口袋摸剃刀的時候，心中出現了這個損人者口吐鮮血呼救求饒的影像，接踵而來的是噁心感、口渴和疼痛；我知道，必須迅速扭轉對這個討厭傢伙的看法，所以我在口袋裡摸香菸或花票子，弟兄們哪，偏偏就沒有這兩樣東西。我哭喊道：

「兄弟，我想要請你抽菸的，可惜身上沒有哇。」這傢伙說：

「哇哇。哈哈哈。哭吧，孩子。」接著他又用又臭又有角的指甲彈我鼻子，只聽見黑壓壓的觀眾那邊傳來開心的大笑。我竭力討好這個損人、打人的傢伙，以制止翻湧的疼痛和噁心感，並十分絕望地說：

「請讓我為你效勞吧，求你啦。」我在口袋裡摸索，只有這把剃刀，於是我拿出來獻上說：「請拿去吧，請求你。一點小意思。收下吧。」但他說：

「留著你的臭賄賂。我不吃這一套。」他擊打我的手，剃刀掉地。我說：

「求你啦，我一定要效勞一下的，擦皮鞋好嗎？看，我可以跪下把皮鞋舔乾淨的呀。」弟兄們，信或不信，或者拍拍我的馬屁吧，我真的跪下，伸出紅紅的舌頭一哩半長，去舔他的臭皮鞋。可這傢伙反而出腳不太重地踢我的嘴巴。我當時以為，如果我光是雙手抓住他的雙踝，把這臭雜種拉倒在地，可能不會引起噁心和疼痛。我依計行事，他遭到真正的奇襲，便沉甸甸地倒地，臭觀眾鬨堂大笑。但我看到他倒地，那可怕的感覺便籠罩下來，所以我伸手迅速把他拉起來。正當他準備向我的面孔狠狠地、正經地出拳時，布洛斯基大夫開口了：

「好啦，這樣就可以了。」彪形大漢鞠了躬，就像演員一樣跳下去。電燈打開，我瞇起眼，張大嘴巴喊叫著。布洛斯基大夫對觀眾說：「請看，我們的實驗對象透過被迫趨向惡，反而被迫趨向善。暴力意圖伴隨著猛烈的切身痛感。為了消除痛感，不得不轉向截然相反的態度。有問題嗎？」

「選擇權，」一個渾厚的聲音說。我發現這是牧師呀。「他沒有真正的選擇權，對不對？他有利己之心，害怕痛感，所以被迫走向自我糟蹋的占怪行為。其虛假性顯而易見。他不再胡作非為，同時也不再能夠做道德選擇。」

「這問題很微妙，」布洛斯基大夫微笑著。「我們所關心的不是動機，不是高尚的倫理規範，而僅僅是減少犯罪——」

「還有，」那衣冠楚楚的大部長插話道，「緩解監獄的人滿為患。」

「聽啊聽啊，」有人說話。

人們竊竊私語，爭論不休。我站在那兒，完全被這些無知的雜種冷落了，所以我大喊：

「我，我，我。我怎麼樣了呢？這一切之中我的位置在哪兒？是野獸，還是狗？」他們聽了愈發大聲說話，並向我發話。我加大聲音喊道：「我只能充當上了發條的橘子嗎？」我不知怎麼用上了這個詞彙，是格利佛裡冒出來的。眾人不由得住嘴了一兩分鐘。然後一個瘦削的老教授模樣的人站了起來，他的頸子活像電纜，把電力從格利佛送到軀體，他說：

「孩子，沒有理由抱怨的。你已經做了選擇，這一切是選擇的結果。現在不管發生什麼，都是自己選擇的啦。」牧師大喊道：

「姑妄信之。」只見典獄長瞪了他一眼，好像在說，你在監獄宗教界無法如你所願爬到那麼高。高聲爭論又開始了，只聽到「愛心」一詞被拋來拋去，牧師跟別人一樣大喊「完美的愛心驅走害怕」之類的廢話。接著布洛斯基大夫滿面笑容地說：

「先生們，很高興大家提起了『愛心』的問題。現在，大家請看，被認為已經隨中世紀殉葬的一種愛心，會以實例形式表現出來。」此時，燈光轉暗，聚光燈又出來了，一束照著你們可憐的、受苦受難的朋友兼敘事者，另一束光下面，進來了一位平生所能指望見到的最最可愛的妙齡女郎，還扭扭捏捏地側身挨近，弟兄們哪。也就是說，她的乳峰高聳著，布拉提從肩膀上滑滑地垂懸下來，儼然是一覽無遺。她的大腿就像天上的上帝，她的步態令人大聲嘸冂水，而她甜蜜的微笑著的面孔顯得那麼年輕，那麼天真無邪。她隨著燈光向我走來，彷彿送來了上天恩典的光芒；閃過我格利佛的第一個念頭是當場把她放倒在地，野蠻地抽送，但噁心感飛也似地湧上來，活像在拐彎處盯梢的偵探，隨之便來實施骯髒的逮捕。她身上散發的美妙香水味令我想入非非，胸膛開始起伏，所以我知道自己得發掘想像她的新方式，免得疼痛、口渴、噁心感鋪天蓋地、天經地義地到來。於是我喊道：

「天姿國色的小姐，我把一顆心拋在你的腳下，請你蹂躪。假如我有一朵玫瑰，我會獻給你。假如雨天泥濘，我會脫下布拉提給你墊腳，免得你的秀腿沾上骯髒的泥水。」說這些話的時候，弟兄們哪，我便感到噁心感偷偷縮回去了。「請允許我，」我喊道，「崇拜你，幫助你，呵護你不受邪惡世界的傷害。」接著，我想到了恰當的措辭，感覺更加良好：「讓我成為你的忠實騎士。」我又一次雙膝跪下，彎腰慢慢後退著。

這時我自感愚蠢至極，分明又是演戲嘛，這女郎微笑著向觀眾鞠躬致意，蹦蹦跳跳地下去了，燈光亮起，若干掌聲響起。某些老頭觀眾帶著骯髒的欲望，用褻瀆的目光盯住了那個漂亮的小妞，眼珠子都快掉出來了，弟兄們哪。

「他會成為你的好基督徒的，」布洛斯基大夫大聲說，「準備轉過另外一邊的臉讓你打，準備自個兒上十字架，而不是送人家上十字架；他即使想到捏死一隻蒼蠅，都會打心眼裡感到噁心。」這話倒沒錯，弟兄們，他提起捏死蒼蠅的時候，我感到一點點噁心，便盡力使自己想著用糖餵蒼蠅，把牠當做要命的寵物來照料，也就打退了噁心和疼痛。「改邪歸正了，」他喊道。「在上帝的天使面前真歡樂。」

「要點是，」那位差勁的部長厲聲說，「這辦法行得通。」

「唉，」牧師嘆息著說，「但願能行得通，上帝保佑我們大家。阿門！」

第三部

1

「接下來要玩什麼花樣呢？」

弟兄們，這就是我第二天一早自己問自己的話。我站在國家監獄旁邊加建的白樓門外，身上穿的布拉提正是兩年前在灰濛濛的晨曦中被捕時的晚裝，手裡抓著一個小包袱，裡面裝著若干私人物品，還有少量的葉子，算是臭當局好心贈送的，好使我踏上新生活之旅。

昨天過得十分勞累，表演完了之後就是錄影採訪，要在電視新聞中播出的，還有在閃光燈下拍照，喀嚓喀嚓，更像是為了展示我在超級暴力面前趴下，都是些令人難堪的鏡頭。接著，我筋疲力竭地倒在床上，然後被叫醒。我看主要是為了通知我可以自由了，收拾回家嘍，他們再也不想見到敝人了，一去不復返啦，弟兄們哪。這樣我就出來了。大清早的，左邊口袋裡只有這點花票子，我把硬幣翻得叮噹作響，思忖著：

「接下來要玩什麼花樣呢？」

到什麼地方吃點早餐吧，我想道，除了一杯茶下肚，早上什麼都還沒有吃，大家都急著踹我出來，投奔自由。監獄位於城市的黑暗區，但到處都有小勞工開的小飯館，我不久就踏進了一家。店裡髒兮兮的，天花板上有一個燈泡，蟲屎把燈光遮去不少；有早班工人在呼嚕呼嚕喝茶，吞著不堪入目的香腸和切片麵包，狼吞虎嚥地塞進肚子之後，大喊再來幾客。侍者是個臭烘烘的小妞，奶子倒很大，幾個食客想抓她，嘴裡嗬嗬嗬的，而她嘻嘻嘻笑著；看到他們我差一點作嘔，弟兄們。但我還是十分有禮貌，用紳士的口吻叫了一些吐司、果醬和茶，然後到昏暗的角落裡坐下吃喝。

正吃著，一個小矮子進來賣早報，是個賊頭賊腦的犯罪胚，戴著鋼絲邊厚眼鏡，布拉提的顏色好像久放變質的葡萄乾布丁。我買了份報紙，目的是了解世界上正在發生些什麼，以便衝回到正常的生活中去。報紙似乎是政府辦的，頭版全是競選消息，人人都要確保現任政府的連選連任，彷彿大選兩三個禮拜後就要進行了。至於最近一年來政府所做的事情嘛，吹牛的大話很多，比如出口增加、外交政策創佳績、社會服務改善之類的廢話。可是，政府吹噓得最多的，是他們認為，最近半年來尋求平安的夜行者上街時安全多了，因為警察的待遇提高了，他們的手段硬了，對付小流氓、性變態、盜賊之類的人渣已經游刃有餘云云。這消息頗引起了敝人的興趣。第二版有一個十分熟悉的人的模糊照片，原來就是我我我。裡面的我臉色陰沉，有點害怕，那其實是閃光燈泡不斷噗噗作響的緣故。照片下面的文字說，這是新建的國家罪犯改造研究所的首位畢業生，只花兩個禮拜就治癒了犯罪本能，如今是恪守法律的公民，等等等等。接著我看到一篇為路多維哥技術吹牛的文章，政府多麼明智，如此等等。還有一張我似曾相識的人的照片，那就是內政部長，我稱之為差勁部長。他看上去在誇誇其談，憧憬著沒有犯罪的美妙時代，不必再害怕小流氓、性變態、盜賊進行怯懦的襲擊，如此等等。我唉地嘆了一聲，就把報紙扔到地上，蓋住了使用此飯館的畜生們潑在上面的茶漬和痰塊。

「接下來要玩什麼花樣呢？」

接下來要玩的花樣呢，弟兄們，就是回家，給爹爹、媽媽來個驚喜，他們的獨生子和接班人回到了家庭的懷抱。然後，我可以在自己的小窩躺下，聆聽一些可愛的音樂，同時考慮如何度過一生。釋放官第一天給了我一大張可以試試的職業一覽表，他還打電話給各種各樣的人介紹我，但我沒有立即找工作的打算。對，要先休息一下，在音樂聲中，躺在床上靜靜地思考一番。

於是我坐公共汽車去市心站，然後坐公共汽車去金斯利大道，公寓樓一八A就不遠了。弟兄們，請相信，我的心確實激動得怦怦直跳。一切都很寧靜，還是冬天的清晨嘛。我進了公寓門廳，空無一人，只有壁畫「勞動尊嚴」的裸體青少年迎候著。使我吃驚的是，壁畫已經清理得乾乾淨淨，莊重的勞動者不再口吐氣球，寫著髒話，也沒有思想齷齪的用鉛筆作畫的少年在裸身上添加有礙觀瞻的器官。還令我驚奇的是，電梯在運轉了。我一按電鈕，電梯便嗡嗡地下來了，我進去後又吃了一驚，像籠子的電梯裡打掃得乾乾淨淨。

我到了第十個樓層，看到一〇－八號門還是老樣子；我從口袋掏鑰匙的時候，手是顫抖的，但插鑰匙轉動時卻很堅定。我開門進去，三雙驚異、近乎驚駭的眼睛盯著我，是P和M在吃早飯，但還有另一個我一輩子都沒見過的傢伙，他身穿襯衫和吊帶褲，十分隨便地喝著奶茶，吃著雞蛋吐司。這個陌生人反而先說話：「你是誰，朋友？從哪裡搞到鑰匙的？出去，省得我把你的臉揍扁。到外邊去敲門，說明有何貴幹，快點。」

我爸爸媽媽坐在那裡呆若木雞，顯而易見他們還沒有看報紙；此刻我記起來，報紙要等爸爸上班去之後才送來。但此刻媽媽說：「啊，你越獄了。你逃跑了。我們怎麼辦？我們要去報警啦，哎喲喲。你這個壞透的孩子，這樣丟我們家的臉。」信或不信，或者拍拍我的馬屁吧，她哇哇哭起來。於是我盡力解釋著，他們可以打電話到國家監獄去打聽打聽；於此同時那陌生人坐著皺眉頭，看起來一副準備用毛茸茸的大拳頭揍扁我面孔的樣子。我說：

「回答幾句怎麼樣，兄弟？你在這裡幹什麼，待多久？我不喜歡你剛才說話的口氣。當心點。來呀，說話呀。」他這人工人模樣，很難看，大約三、四十歲。他坐著張大嘴巴對著我，一聲不吭。我爸爸說：

「這一切把人搞迷糊了，兒子。你本該告訴我們一聲你要回來啦。我們以為至少還有五、六年他們才會放你呢。」他說話的口氣非常憂鬱，「倒不是我們不高興見到你，發現你自由了。」

「這是誰？」我問。「他為什麼不說話？這裡發生了什麼事？」

「他叫喬，」媽媽說。「現在住在這兒。他是房客呀。天哪，天哪。」

「你呀，」喬說。「你的情況我都聽說了，孩子。我知道你幹了些什麼，把可憐的父母心都傷透了。回來了吧？再次讓他們過悲慘的生活，是不是？除非先把我打死算了，因為他們把我當親生的兒子，而不是房客。」要不是體內的慌亂開始喚醒噁心感，我差一點兒哈哈大笑，這傢伙看上去跟P和M差不多年紀，他竟然伸出兒子般的手來庇護我哭泣的媽媽，弟兄們哪。

「哦，」我說道，自己差一點痛哭流涕地癱倒。「原來如此。喏，我給你整整五分鐘，把你的臭東西統統清理出我的地方。」我向我的房間走去，這傢伙反應慢，沒有制止我。我打開門，心臟好似裂開掉到了地毯上，因為它根本不像我的房間了，弟兄們。我的旗幟都被揭下了牆，這傢伙貼上了拳擊手的圖片，還有一隊人洋洋得意地抱手坐著，前面是一面優勝銀盾。然後我看到別的東西失蹤了，音響和唱片櫃不見了，還有上鎖的百寶箱，裡面可是瓶子、毒品和兩個閃亮乾淨的針筒。「這裡有過一些卑鄙骯髒的事，」我喊道，「你把我的個人物品怎麼處理啦？可怕的雜種？」這是衝著喬的，但我爸爸答道：

「那些東西都被警察抄走了。有新的規章，規定要賠償受害人。」

我難以遏制地變得十分噁心，格利佛疼痛難忍，嘴巴乾燥，連忙抓起桌上的牛奶瓶牛飲起來，於是喬說：「骯髒的豬玀吃相。」我說：

「可是她死了。那女人死了。」

「是貓咪們，兒子，」爸爸悲哀地說，「律師進行遺囑理讀與執行之前，沒人照顧貓咪，得請專人去餵食。於是警方變賣了你的東西、衣服之類的，來支付餵食費用。法律規定的，兒子。你一向都是無法無天的啊！」

我只得坐下來，喬說：「坐下以前要請求同意，沒有禮貌的小豬玀。」我快速回敬「閉上你骯髒的大屁眼」，並隨即感到一陣噁心。於是，我看在身體的分上力圖顯得通情達理，陪著笑說：「嗨，這是我的房間，無可否認吧。這裡也是我的家。P和M，你們有什麼話說呢？」但他們一副悶悶不樂的樣子，媽媽渾身顫抖，面孔布滿皺紋，淌滿了眼淚，爸爸開口了：

「這些都得好好考慮呀，兒子。我們不能把喬一腳踢出去，不能那樣隨便吧，對不對？我是說，喬在這裡打工，簽了合約的，兩年呢，我們有安排的，是不是啊，喬？我是說，考慮到你長期坐牢，而房間空著也是空著。」他有點害羞，從他的臉上看得出來。於是我笑笑，點頭稱是：

「我知道。你們已經習慣於安寧的生活，習慣於來點外快。世事就是這樣。你們的兒子除了調皮搗蛋一無是處。」此時，弟兄們，信或不信，或者拍拍我的馬屁吧，我哭了起來，為自己難過。爸爸說：

「好好，你看，喬已經付了下個月的房租。我是說，不管我們將來怎麼做，我們總不能叫喬出去吧，我們能嗎，喬？」喬說道：

「我考慮的是你們兩位呀，你們對我就像父母一樣。把你們交給這個根本不像兒子的小怪獸擺布，這對嗎？公平嗎？還哭呢，這是陰謀詭計呀。讓他走，自己找地方住去，讓他接受行為不軌的教訓，這樣的壞蛋不配擁有天生的好父母。」

「好吧，」我說著站起身，眼中熱淚滾滾。「我知道現狀啦，沒有人要我，沒有人愛我。我已經落難，吃盡苦頭，大家要我繼續吃苦。我知道了。」

「你已經使其他人吃苦了，」喬說。「你吃點苦才對呢。我聽說了你的所作所為，是晚上坐在這家庭餐桌旁聽說的，聽起來怪驚心動魄的。許多故事令人噁心。」

「我要是能回到牢裡有多好，」我說，「親愛的老國家監獄啊。我走了。你們再也見不到我了。我自己會找出路的，多謝你們。讓你們的良心去受罪吧。」爸爸說：

「不要這樣嘛，兒子，」媽媽只是哇哇哇地哭，面孔扭曲得很難看。喬又伸手抱住她，拍拍她，拚命說好啦好啦好啦。我顫巍巍地出了門，讓他們內疚得斷氣吧，弟兄們哪。

2

我在街上漫無目標地遊逛。人們紛紛駐足凝視我的晚裝，而且時值奇寒的冬日，身上冷得很；我只想拋開這一切，什麼都不必再考慮。我坐車到了市心站，再往回走到泰勒廣場，那裡有家旋律唱片行，我曾經無數次地光顧它，弟兄們哪。它總是那個老樣子，我一進門就希望安迪在店裡，那個精瘦的禿頭，非常樂於助人，當初我從他手上買過唱片。可是安迪已經不在那兒了，只有嘰嘰喳喳的納查奇（即青少年）男女在聽可怕的新流行歌曲，還在隨歌曲跳舞呢，櫃檯裡的人也不過是個納查奇而已，他的手指骨喀噠地打著拍子，哈哈大笑著。我走近他，一直等到他願意搭理我，我說：

「我想聽一張莫札特第四十號。」不知道為什麼這個想法進入了我的格利佛，但它進來了。掌櫃的說：

「四十什麼，朋友？」

我說：「交響曲。G小調第四十號交響曲。」

「噢——，」一個跳舞的納查奇說，他的長髮蓋住了眼睛，「好像很好笑。難道不好笑嗎？他想要顯得很好笑呢。」

我感到內心愈來愈煩，但我得注意，所以我笑咪咪地對待取代安迪的人，以及全體跳舞、尖叫的納查奇。掌櫃的說：「朋友，你可以進那個試聽亭，我會播放過去的。」

於是我跑到購片的試聽小室，這傢伙就為我播放了，但不是莫札特四十，而是莫札特《布拉格》。他好像在架子上找到什麼莫札特就放起來了，本來我應該會十分心煩意亂的，可得注意提防疼痛和噁心呀，但是我恰恰忘記了不該忘記的東西，如今害得我要死要活。原來這些醫生雜種經過謀畫，造成任何撩撥感情的音樂都會使我噁心，就像觀看或打算搞暴力一樣。因為那些暴力電影統統配了樂，我尤其記得那恐怖的納粹電影，配了貝多芬《第五號交響曲》的最後樂章。如今，美妙的莫札特變得恐怖了，我衝出店門，那些納查奇在大笑，掌櫃的在喊：「哎哎哎！」我根本不予理睬，就像瞎子一樣跌跌撞撞過了馬路，拐彎到了柯羅瓦奶品店。我知道自己需要什麼。

這地方空蕩蕩的，還是上午嘛。這裡看起來也陌生了，畫上了大紅色的乳牛，櫃檯後面沒有熟人。我一喊「牛奶加料，大杯，」剛剛刮過鬍子的瘦臉漢馬上就知道了。我把大杯的牛奶加料搬到一個小包廂，包廂圍在大廳的周圍，用帘子隔開。我在考究的椅子上坐下後，一口一口啜著，喝完之後，漸漸感到有事情要發生了。我的眼睛盯著地上一丁點香菸盒上撕下的錫紙，這地方也不是打掃得那麼一塵不染的。這片錫紙開始擴大擴大擴大，明亮又灼熱，我只得眯起眼睛。錫紙擴大，不但撐滿了我閒坐的包廂，而且蓋過整個柯羅瓦，整個街道，乃至整個城市。隨後它成了整個世界，成了悠悠萬物，弟兄們，它就像大海，沖刷著人類創造的一切，乃至想像的一切。我好像聽到自己發出特殊的聲音，念念有詞，比如「親愛的死鬼閒野，嘴巴不在多形態偽裝」之類的廢話。接著感到錫紙上浮現出眾多幻象，呈現世人從未見過的色彩，只見遙遠遙遠遙遠的地方有一組雕像，漸漸推近推近推近，被上下齊射的強光所照亮，弟兄們哪。這組雕像原來就是攜著全班天使聖人的上帝，都是閃亮的青銅像，留著山羊鬍子，巨大的翅膀在風中擺動著，所以不可能是石雕、銅雕；真的，眼睛在動，分明是活的。這些碩大的仙體在靠近靠近靠近，簡直要把我壓垮似的，我只聽見自己發出一聲「噫噫噫」。我感到自己拋卻了一切——布拉提、軀體、大腦、姓名，統統不要了，心裡十分暢快，彷彿進了天堂。隨後有壓碎、崩潰的聲音，上帝、天使、聖人對我搖搖格利佛，似乎在說，時間不多了，但我必須再試試，接著一切都在冷笑、大笑，崩潰了，溫暖的大光源冷卻了，我又恢復了老樣子：桌上的空杯子、哭喊的欲望、垂死的感覺是僅有的答案。

就是這樣，這就是我明明白白應該做的事，可是如何去做卻不甚了了，以前從未考慮過嘛，弟兄們哪。我的小包袱裡有剃刀，但一想到向自己捅刀子，紅血流出來，就噁心得要命。我所需要的不是暴力性的，而是會讓我和緩地睡去的東西，就此了結敘事者敝人，不要再給任何人添麻煩了。我想起，要是去不遠處的公共圖書館，也許可以找到講無痛猝死妙法的書。我想到自己死後，大家會多麼難過，P和M，還有那篡位者臭喬，還有布洛斯基大夫、布拉農大夫、差勁的內政部長等等，還有吹牛的臭政府呢。於是，我衝進了冬日，那是下午快兩點鐘，我在市心站大鐘上看到的，想必我喝牛奶加料入幻境的時間比想像的要長。我走上瑪甘尼塔大道，再轉入布斯比街，再轉彎就是圖書館了。

這是個破舊的臭地方，在我很小很小的時候去過，最多是六歲吧，以後就記不起是否曾再次前往了。館內分為兩個部分，一是外借區，一是閱覽區，堆滿了報刊雜誌，充滿了老頭子的氣味，他們身上飽含年邁加貧困的臭氣。這些老頭子分散站在各處的報架前，打飽嗝，喘粗氣，交頭接耳，翻動報紙，十分悲哀地看著新聞；也有的坐在桌邊看雜誌，或者裝模作樣地翻閱，有人打瞌睡，有一兩個鼾聲如雷。起初我忘記我到這裡來幹什麼，接著一驚，原來我是來找無痛猝死妙法的。於是我走到參考書架前。書真多，但沒有一本的題目對題。我取下一部醫學書，打開一看，全是可怕傷病的圖畫和照片，足以讓我噁心一下的。我把這本書放回去，取下大寶書，即所謂的《聖經》，以為這會像過去（其實並不是過去，但似乎是很久很久以前）坐牢時一樣寬慰我，我踉蹌著到椅子上坐下看起來。但我只看到痛打七十乘七次，許多猶太人在互相咒罵，互相推搡，那也令人噁心。我差一點哭出來，對面一個寒酸的老老頭說：

「怎麼啦，孩子？出了什麼事？」

「我想死，」我說。「我完了，就這樣啦。生活實在是忍受不下去了。」

旁邊的一個看書老頭「噓——」一聲，頭也不抬，他所看的瘋癲雜誌裡都是些幾何體的大圖畫。就像打開了話匣子，這個老頭說：

「你要死，年紀太小了吧。嗨，你面前什麼東西都有啊。」

「對，」我沒好氣地說。「就像墊起的假胸脯。」看雜誌者又是「噓」一聲，這次抬了頭，我倆都愣了一下。我看見這是誰了。他厲聲說：

「我對形狀記得特別牢靠，上帝做證。什麼形狀我都忘不了的。你這個小豬玀，可抓住你了。」晶體學，就是它。那次他從圖書館借的就是它。假牙踩爛了，真暢快。布拉提扯掉了。書籍撕破了，都是晶體學。我想，最好速速出去吧，弟兄們。但這個老頭子站了起來，拚命呼叫四牆邊看報的咳嗽者，以及桌邊看雜誌的打瞌睡者。「抓住他了，」他喊道。「惡毒的小豬玀破壞了晶體學書籍，珍本哪，哪裡都再也找不到啦。」他的說話聲聲嘶力竭的，好像這老頭發瘋了。「這是可鄙的殘酷青年中可以獲獎的標本，」他喊道。「如今落在我們手裡，聽候我們發落了。他們那夥人對我拳打腳踢，剝光我的衣服，扯掉我的假牙。他們嘲笑我流血、呻吟，還逼著我茫茫然、赤條條地回家。」這也不全對，弟兄們，你們知道的。他穿了一些布拉提，不是打赤膊光屁股的。

我回喊道：「那是兩年多以前的事了，我後來遭到懲罰了。我已經接受教訓了。看那邊——報紙上有我的照片。」

「懲罰嗎？」一個老兵模樣的老頭說。「你們這種人應該消滅掉，就像消滅討厭的害蟲一樣。還懲罰呢。」

「好吧，好吧，」我說。「人人有權擁有自己的觀點的。大家饒恕我吧，我得走了。」我開始離開這個瘋老頭世界。阿斯匹靈，就是它。吃一百片阿斯匹靈就足以斃命。到藥店去買阿斯匹靈。但晶體學老頭喊道：

「別放他走。我們要教訓他，告訴他懲罰的全部意義，謀財害命的小豬玀。抓住他。」信或不信吧，弟兄們，兩三個羸弱的老頭，每人都有九十來歲了，用顫抖的手抓住我，我被這些行將就木的老頭身上發出的老邁疾病氣味熏得噁心。晶體老頭趕上我了，顫巍巍的拳頭在揍我的面孔。我想掙脫逃走，但抓住我的手比想像的更有力。其他看報的老頭一顛一顛地過來，對敘事者敝人一試身手。他們喊著「宰了他，踩死他，殺了他，牙齒踢掉」等等，而我清楚地看到了它的意義，是老年人在向青年發難啊，一點也沒錯。可是，其中幾個老頭說「可憐的傑克，他差一點打死了可憐的傑克，這個小豬玀」等等，似乎都是昨天剛發生的事情。我想，對他們來說就是這樣吧。如今，涕泗橫流的臭老頭們舉著軟綿綿的手，伸出尖利的爪子，呼喊喘息著，如潮水一般撲過來，我們的晶體哥兒們打前鋒，一拳拳地進擊。我不敢有一舉一動，弟兄們哪，這樣被動地挨打要比噁心和可怕的痛感強多了；當然，有暴力正在發生，已經使我覺得噁心感在拐角處窺探，看是否應該出來公開吼叫一番。

這時管理員過來了，他稍年輕些，喊道：「這裡在吵什麼？快停止。這可是閱覽室。」沒人理睬，他說：「好吧，我打電話報警。」我尖叫著，八輩子都不會料到自己會那樣做：

「對對對，報警吧，保護我不受這些老瘋子的襲擊。」我發現管理員並不急於介入打鬥，把我從老頭們狂怒的爪子中解救出來，而是去了辦公室或者有電話的地方。現在，老頭子們在大口喘氣了，我覺得只消輕輕一撥，他們就會紛紛倒下的。但我還是極有耐心地聽任老頭抓著自己，閉上眼睛，感覺著綿軟的拳頭擊打面孔，同時聽著喘粗氣的老邁嗓音喊著：「小豬玀、小凶手、流氓、暴徒，宰了他。」此刻，我的鼻子上疼痛地挨了一拳，我對自己說該死該死，隨之睜開眼睛，開始掙脫出來，這並不難，我一邊喊，一邊衝到閱覽室外面的大廳。但老復仇者們仍緊追不捨，拚命喘氣，畜生般的爪子顫巍巍地抓向你們的朋友兼敘事者濺人。然後，我絆倒在地板上挨踢，接著聽見一個青年的聲音喊叫：「好啦，好啦，住手，」我知道警察趕到了。

3

我昏頭轉向，眼睛看不大清楚，但確信以前在什麼地方見過這些條子。那個在圖書館前門挽住我說「好啦，好啦，好啦」的人，是根本不認識的，但在我看來，他當警察年紀略略嫌小。從另外兩個人的背影，我斷定以前見過他們。他們用小鞭子抽打著眾老頭子，笑顏逐開地喝道：「嘿，調皮的孩子。這樣可以教訓你們不要鬧事、妨害治安了，你們這些邪惡的壞蛋。你。」隨後他們把氣喘吁吁、垂而不死的老復仇者趕回閱覽室，自己也被逗得哈哈大笑，這才轉身看見我，大一點的那個說：

「嗬嗬嗬嗬嗬嗬嗬，這不是小亞歷克斯嘛。好久不見，哥兒們，情況怎樣？」我暈頭轉向，警服和頭盔讓人很難識別出這個人來，但面孔和聲音再熟悉不過了。我再看看另一個人，那咧嘴而笑的瘋狂面孔是不容置疑的。我十分麻木，愈來愈麻木，回頭再看那個嗬嗬嗬的人。那麼，這個人就是胖子比利仔，我的宿敵。另一個當然是丁姆啦，他曾是我的哥兒們，而且是臭胖山羊比利仔的敵人，如今卻是穿警服、戴頭盔的條子啦，還用鞭子維持秩序呢。我說：

「不不。」

「意外嗎？」丁姆發出了我記得牢牢的狂笑：「哈哈哈。」

「不可能，」我說。「不會這樣吧。我不相信。」

「眼見為證，」比利仔咧嘴笑道。「沒有留一手，沒有魔法，哥兒們。兩個人到了工作年齡就工作啦。警察工作。」

「你們太小了，」我說。「實在太小了。他們不要這種年紀的孩子當警察的。」

「過去是太小，」條子丁姆說。「我不能相信啊，弟兄們，實在不能。「我們過去是這樣，小哥兒們。而你始終是最小的。現在我們變成警察了。」

「我還是不能相信，」我說。這時，我不能相信的比利仔，警察比利仔，衝著扶住我的陌生小條子說：

「雷克斯，如果我們施捨一點當場懲處，應該比較好吧。男孩就是男孩，總是頑皮的。不必執行警察局的慣例了。這傢伙又玩上老套的惡作劇了。我們記得清清楚楚，你當然是不知道的。是他攻擊年老無助的人，他們是正當報復。我們必須以國家的名義，給一個說法。」

「這一切是什麼意思？」我說，簡直無法相信自己的耳朵。「是他們襲擊我呀，弟兄們。你們又不是他們一夥的，不可能的，丁姆，你肯定不是警匪一家的吧。喏，是我們過去戲弄過的一個老頭想搞一點報復啊，時間已經隔了那麼久了。」

「時間久是對的，」丁姆說。「那些日子我記不太清楚了。不要再叫我丁姆好不好？要叫我警官。」

「不過，還是記得一些的，」比利仔不住地點頭，他已經不那麼胖了。「出手就是長柄剃刀的孩子——這種人必須嚴加管教。」他們緊緊揪住我向館外押去，外面有巡邏警車等候，他們稱為雷克斯的是駕駛員。他們把我推搡進汽車後車廂，我不由感到這真像是一場玩笑，早晚丁姆會揭去頭盔，哈哈哈大笑的。但他沒有這樣做。我竭力壓制著心中的恐懼說：

「彼得呢，彼得怎麼樣啦？喬治真慘，」我說。「我都聽說了。」

「彼得，對了，彼得，」丁姆說。「好像記得這名字。」只見我們的車開出了城。我問：

「我們準備去哪裡呀？」

前頭的比利仔轉過身說：「天還亮著呢。到鄉下兜兜風，儘管冬天光禿禿的，但清淨可愛。讓城裡人看見太多的當場懲處不對，不總是對。街道保持清潔的方式不止一種。」他又轉身朝前看。

「好了，」我說。「我就是不理解這一切。過去的日子已經過去了，不再回來。為以前的所作所為，我已經受到了懲罰。我已經被治癒了呢。」

「我們被傳達過這事，」丁姆說。「是警長宣讀的，說這是好辦法。」

「宣讀，」我有點挖苦地說，「你這笨傢伙還是不識字，兄弟？」

「哦，不是，」丁姆說，很和善很惋惜的表情。「不要那樣說話嘛。下不為例，哥兒們。」他朝我嘴巴猛揍一拳，紅紅的鼻血開始滴下滴下滴下。

「我從來就沒有信任感，」我充滿怨恨地說，手在擦血。「我始終是獨來獨往的。」

「這樣行了，」比利仔說。我們來到鄉下，只見光禿禿的樹木，偶爾從遠處傳來幾聲鳥叫，遠方有一台農機突突作響。天色已近黃昏，如今是隆冬嘛。附近沒有人，沒有動物，只有我們四個人。「出來呀，亞歷克斯男孩，」丁姆說。「領教一點當場懲處吧。」

他們動手的時候，駕駛員一直坐在方向盤前，邊抽菸邊看書。汽車裡有燈光可供看書，他根本不看比利仔和丁姆對敘事者媺人的行為。他們的所作所為我也不想詳述了，只聽見農機馬達聲、禿枝鳥鳴聲襯托著喘氣聲、捶打聲，只見汽車燈光中有煙霧熱氣，駕駛員平靜地翻動書頁，而在此期間，他們一直在修理我，弟兄們哪。然後，我也分不清是比利仔還是丁姆說：「我看差不多了，哥兒們，你說呢？」接著他們每人最後朝我的面孔打一拳，我倒下，躺在草地上。天氣寒冷，而我一點也不覺得冷。他們撣撣袖口，穿戴好剛才脫掉的頭盔和上衣，回到了車上。「後會有期，亞歷克斯，」比利仔說，丁姆只是發出小丑式的大笑。駕駛員看完那頁，把書放好，隨之發動汽車，向城裡開去，我的前哥兒們和前敵人在揮手。我直挺挺躺著，蓬頭垢面，筋疲力竭。

過了一會兒，我感覺到疼痛無比，天開始下雨，冰冷冰冷的。我四顧無人，連房屋燈光也沒有。我要去哪裡呢？無家可歸，口袋裡的葉子也不多了。我哇哇哇為自己的遭遇哭泣。最後我艱難地站了起來，緩慢地移動著腳步。

4

家家家，我所需要的是家，而我找到的果然是「家」，弟兄們。我在黑暗中前進，不是朝城裡，而是朝農機轟鳴的方向。我來到一個村落，覺得似曾相識，也許所有村落看起來都差不多，尤其是在黑暗籠罩的情況之下。這邊一堆房子，那邊一個酒館，村落盡頭有一幢孤零零的小房舍，只見大門上有白色閃亮的名字——「家」。我被冰冷的雨水濕透了，服裝不再時髦，而是挺寒磣的，可憐極了；一頭秀髮變成了髒兮兮、黏糊糊的一團糟，在格利佛上攤開，臉上也肯定到處是傷口和挫傷瘀青，我舌頭一舔，發現幾顆牙齒鬆動了。我全身痠痛，口渴難忍，所以不斷張口喝冰冷的雨水，早晨本來就吃不多，又是一天沒吃沒喝的，肚子裡咕嚕咕嚕叫個不停。

門牌上有「家」，也許會有人幫我一把。我打開大門，一路滑溜過去，雨水已經結冰了；接著我輕輕地、可憐巴巴地敲門，沒人應門，我就敲得久一些，響一些，隨後聽到有腳步聲向門口走來。門打開，一個男人的聲音問：「是誰呀？」

「噢，」我說，「請幫幫忙吧。我遭到警察的毒打，拋在路邊等死。噢，請給我喝點東西，烤烤火，先生，求你了。」

門大開，只見裡面有溫暖的燈光，壁爐在劈啪劈啪劈啪地燃燒。「進來吧，」這人說，「不管是誰。上帝保佑你，可憐的受害人，進來，讓我看看你。」我顫巍巍地走進去，弟兄們，並不是我在裝模作樣，我真的感到四肢無力。好心人摟住我的肩膀，拉我進了有壁爐的房間，果然，我立刻認出這是什麼地方，怪不得門上的「家」看起來這麼熟悉呢。我看看這人，他慈祥地看看我，我記起他了。

他當然不記得我了，因為當時的日子過得無憂無慮的，我和所謂的哥兒們打架、戲弄人、偷盜的時候，都戴著上好的假面具。他是個矮個兒的中年人，三十、四十、五十歲都有可能，戴著眼鏡。「在壁爐邊坐下吧，」他說，「我去拿威士忌和熱水。嘖嘖嘖，真有人要把你打死呢。」他體貼地看看我的格利佛和面孔。

「是警察，」我說。「凶神惡煞的警察。」

「又一個受害人，」他嘆息著。「現代受害人。我去拿威士忌，然後必須將傷口稍加清洗。」他走開了。我掃視一眼這舒適的小房間，簡直到處都是書，有一個壁爐和幾把椅子；不知怎麼，看得出屋子裡沒有女主人。桌上有一架打字機，亂堆著大量的文稿，我記得這傢伙是個作家。《發條橘子》，就是它。它在我腦海中縈繞不去，真有趣。但我不能洩漏出來，我正需要主人的幫助和善心呢。那些可怕的狗雜種在白色大樓裡就是那樣整治我的，迫使我急切地依賴幫助和善心，同時渴望自己也能提供幫助和善心，如果有人願意接受的話。

「好，拿來了，」這傢伙回來了。他給我一大杯熱氣騰騰的提神飲料，我的感覺頓時好多了，接著他替我清洗臉上的傷口。他說：「洗個熱水澡吧，我來放水，趁你洗澡的時候，我會做一頓熱乎乎的晚飯，咱們一邊吃，你可以一邊原原本本地告訴我到底是怎麼回事。」弟兄們哪，對於他的善心，我真想大哭一場。

想必他看見我熱淚盈眶，馬上說：「好了好了好了，」一邊拍拍我的肩膀。

於是，我上樓洗了熱水澡，他拿來睡衣、長袍給我穿，都是在壁爐前烤熱過的，另外有一雙破舊的拖鞋。儘管我仍然周身疼痛，我覺得很快會好轉的。我下了樓，看見廚房已經鋪好了飯桌；刀叉齊備，有一長條麵包，還有一瓶高檔烈酒。他很快還端出了炒雞蛋、火腿片、爆綻香腸，還有熱氣騰騰的大杯甜奶茶。暖融融地坐著吃飯，很是舒服；我發現自己餓極了，吃完炒蛋，又接連吃了一片又一片塗滿奶油和從大罐中挖出的草莓醬麵包才飽足。「好多了，」我說。「我怎麼報答恩情呢？」

「我想我知道你是誰，」他說。「如果你就是我想到的那個人，朋友，那你就來對地方啦。今早報紙登的不就是你的照片嗎？你是可怕新技術的可憐受害人嗎？如果是的，那你就是上天所賜。獄中受折磨，再拋出來讓警察折磨。我十分同情你，可憐巴巴的孩子。」我張開大嘴想回答他，可就是無法插話。「你可不是第一個落難來到這裡的，」他說。「警察喜歡把受害人帶到這個村莊的野地。但你又是另一種受害人，來到這裡就是天意了。也許你也聽說過我吧？」

我得謹慎說話，弟兄們。我說：「我聽說過《發條橘子》，沒有看過，但聽說過。」

「啊，」他說，臉就像燦爛朝陽般散發著朝氣。「現在講講自己吧。」

「沒什麼可講的，先生，」我低聲下氣地說。「是愚蠢的兒戲惡作劇，我被所謂的朋友勸誘，應該是被迫闖入一個老太婆——哦，老奶奶的屋子。其實我並不想加害，可惜那老奶奶偏偏拚老命要把我趕出去，本來我自己已經準備出去的，後來她死了，我被控告置她於死地，所以就坐牢了，先生。」

「對對對，接著說。」

「後來，我被差勁部長，也就是內政部長挑中，在我身上試驗路氏技術。」

「詳細說說，」他熱切地湊過來，套頭衫的手臂在我推到一邊的盤子裡蘸起大量草莓醬。於是我和盤托出，一點不剩，弟兄們。他還是十分熱切地聽完，眼睛發亮，嘴唇張開，盤子裡的油膩物開始發硬發硬發硬。我講完後，他站起來，反覆點頭，不斷發出「嗯嗯嗯」的聲音，並從桌上收拾好杯盤，端到水槽裡洗滌。我說：

「我來洗吧，先生，我很樂意的。」

「休息，休息，可憐的小伙子，」他打開水龍頭，熱氣噗噗湧出。「我想你的確是犯了罪，但刑罰實在不相稱。他們已經把你變成了非人的東西，你再也沒有選擇的權力。你已經委身於社會所接受的行為，成了只行善的小機器。這一點我看得一清二楚——不過是意識域邊緣的條件反射之類的事罷了。音樂、性行為、文學藝術，全都必須成為痛苦的來源，而不是快樂的源泉。」

「對的，先生，」我說，一邊吸著這位善人給的軟木濾嘴香菸。

「他們總是自不量力，」他說，心不在焉地擦乾一個盤子。「但其基本意圖是真正的犯罪。不會選擇的人就不再是人了。」

「牧師就是這麼說的，先生，」我說。「是監獄裡的牧師呀。」

「是嗎？是嗎？當然他會說的，他不得不說的，是不是？他是基督徒嘛。好，聽著，」他說，還在擦十分鐘以前就在擦著的盤子，「我們明天要請一些人來看你。我想你可以派上用場，可憐的孩子。我想你可以掀翻這個不可一世的政府。把一個體面的年輕人變成一個發條機器，肯定不算什麼政績，除非它是炫耀鎮壓的。」他還在擦那個盤子。我說：

「先生，你還在擦那個盤子呢。我同意你關於炫耀的說法。這屆政府似乎十分喜歡炫耀。」

「哦，」他說，好像第一次看到這個盤子，便把它放下了。「我對家務事還不夠熟練。過去我妻子包攬一切，讓我潛心寫作。」

「你妻子呢，先生？」我說。「她撇下你去了？」我真的想知道他妻子的情況，記憶猶新。

「是，撇下我了，」他沒好氣地大聲說。「她死了，知道不？她遭到殘酷的輪姦和毒打。劇烈的震撼，就發生在這屋裡，」他拿著抹布的雙手在顫抖，「在隔壁房間。我必須硬下心腸，才能在這裡生活下去，但她肯定希望我住在她香氣猶存的地方。對對對。可憐的小丫頭。」那遙遠的夜晚所發生的慘劇，我是歷歷在目的，弟兄們；看見自己在幹那件事，我開始感到噁心，格利佛內的疼痛啟動了。這傢伙看見了，因為我的面孔頓時血色盡失，蒼白一片，他是能夠看出來的。「你去睡覺吧，」他和善地說。「空房間整理好了。可憐可憐的孩子，你一定經歷了一段恐怖的時間。現代受害人，跟她一模一樣。可憐可憐可憐的丫頭。」

5

我暢快地睡了一晚，一點夢魘都沒有。早晨天氣晴朗酷寒，樓下傳來煎炸早餐的香氣。如同往常，我費了一些工夫才記起自己睡在什麼地方，但我很快就明白過來了，心裡感到一陣溫暖，一陣得到保護的安全感。我躺在床上，等待下面叫吃早飯，我突然想起，應該打聽一下這位如親娘一般保護我的善人的名字，所以我赤著腳踮來踮去，尋找《發條橘子》，上面一定寫著名字的，是他寫的嘛。臥室內除了床鋪、一把椅子、一盞電燈，什麼也沒有，所以我跑到隔壁他自己的房間，在牆上看到了他的妻子，是放大的照片，我記起什麼，一陣噁心。那裡還有三兩個書架，不出我所料，果然有一本《發條橘子》，書的背面和書脊上寫著作者的名字——F．亞歷山大，上帝呀，我想道，他也叫亞歷克斯[1]啊。我翻了翻書，身穿他的睡衣，赤著腳，卻一點也不覺得冷，整個屋子很暖和；不過，我看不出書是講什麼的。它的寫作風格似乎非常瘋狂，充斥著「哪」、「啊」之類的廢話，但大概的意思是，如今的人們都變成了機器，他們——你、我、他，還有拍我馬屁的人——的外表卻分明是自然生長的水果。F．亞歷山大似乎認為，我們都生長在上帝種植的世界果園中他稱之為世界之樹的上頭，我們的存在是因為上帝需要我們來解渴，愛的飢渴云云。弟兄們哪，我根本不喜歡這種噪音，奇怪，F．亞歷山大是何等的瘋狂，也許是被喪妻之痛逼瘋的。可是此刻，他以精神健全者的嗓音叫我下樓吃飯，充滿了快樂、仁愛之心，所以敘事者敝人下樓了。

「你睡了很久，」他說著，舀出白煮蛋，從烤架上取出烤焦的吐司。「都快十點了。我已經起床多時了，工作呢。」

「又寫新書了，先生？」我問。

「不，不，現在不寫啦，」他說，我們很哥兒們地坐下，篤篤篤地敲雞蛋，咔咔咔地咬焦吐司，早上煮的大杯奶茶放在一邊。「我在打電話給各種各樣的人。」

「我以為你沒有電話的，」我說著，一邊用勺子舀雞蛋，沒有留意我說話的內容。

「哦？」他問，就像用蛋勺子偷東西的機警動物一樣警覺了。「你為什麼會認為我沒有電話呢？」

「沒啥，」我說，「沒啥，沒啥。」不知他對那個遙遠的前半夜的事記不記得，我來到門口編造故事，說要打電話叫醫生，而他說沒有電話。他仔細瞧我一眼，然後恢復了慈愛歡快的態度，把雞蛋舀起。他一邊吃，一邊說：

「對，我已經打電話給對此案感興趣的人，你看，你會成為十分有力的武器，保證在下屆大選中，不讓邪惡的現任政府連任。政府炫耀的一大功績是，近幾個月來已經整治了犯罪。」他再次透過雞蛋的熱氣仔細看我；我再次納悶，擔

1 亞歷克斯是亞歷山大的簡稱。

心他是否在觀察我在他一生中曾扮演過什麼角色。可是他說：「徵召野蠻的小流氓加入警察隊伍。策畫耗損體力、摧殘意志的條件反射技術。」他用了這麼多的專有名詞，弟兄們，而且目光中充滿了瘋狂的神情。「我們以前見識過的，」他說，「在外國。針尖大的洞眼透過多大的風啊，我們來不及摸清自己的處境，完整的極權主義國家機器就將應運而生了。」「唷唷唷，」我想道，一邊拚命吃雞蛋，啃麵包。我說：

「我在這一切中有什麼作用呢，先生？」

他的臉上仍然是瘋狂的表情，說：「你是這種窮凶惡極的策畫的活見證。老百姓，普普通通的老百姓必須看一看。」他從飯桌邊站起來，在廚房中踱來踱去，從水槽踱到儲藏室，大聲說話：「他們願意自家子弟步入你這個可憐的受害人的後塵嗎？政府難道不會擅自判定什麼是犯罪、什麼不是，還有誰想觸犯政府，就把誰的性命、膽量、意志統統抽乾？」他平靜下來，卻沒有繼續吃蛋。「我寫了一篇文章，今天早晨寫的，你還在睡覺呢。一兩天以後會登出來，附上你的不幸照片。你要簽上名，可憐的孩子，做為他們整治你的檔案。」我說：

「你從這一切中能有什麼收穫呢，先生？我是說，除了你所謂的文章帶來的稿費花票子？我是說，你為什麼如此激烈地反對現任政府？請允許我斗膽問一聲。」

他抓住桌邊，咬牙切齒地說，他的牙齒上全是骯髒的菸漬：「我們總得有人參加戰鬥呀。偉大的自由傳統必須捍衛。我倒不是黨同伐異，哪裡出現可恥的行為，我就要設法加以清除。黨派名稱一錢不值，自由傳統高於一切。普通老百姓會不聞不問，沒錯。他們寧可出賣自由，來換取平靜的生活。正因為如此，必須策動他們，策動啊——」說著，他拿起叉子，在牆上戳了兩三下，叉子彎曲了，他便丟在地上。他十分慈愛地說：「好好地吃，可憐的孩子，現代世界的受害人，」我清楚地看到，他開始忘乎所以了。「吃啊，吃啊。把我的蛋也一起吃了吧。」但我問：

「我從這能有什麼收穫呢？能治好一身的病症嗎？能不能聆聽《合唱交響曲》，卻不再感到噁心呢？還能恢復正常生活嗎？先生，我的結局如何呢？」

弟兄們，他看看我，好似以前沒有考慮過這事兒，不管怎樣，它跟「自由」之類的廢話相比又算得了什麼。他見我說出那些，面露驚奇，似乎我為自己索要什麼是自私的行為。他說：「哦，我說過，你是活見證，可憐的孩子。快把早餐吃光，再來看看我寫的東西，因為《每週號角》準備讓你署名發表，不幸的受害人。」

噢，他所寫的東西十分冗長，催人淚下。我一邊看，一邊為那可憐的孩子難過。他訴說了自己的苦難，政府如何抽空了他的意志；為此，不讓腐敗邪惡的現任政府繼續統治自己，是全體老百姓的職責。當然，我意識到，這受苦受難的孩子就是敘事者敝人呀。「很好，」我說。「暢快。寫得太帥了，先生。」他盯著我說：

「什麼？」好像從沒聽過我說話似的。

「噢，」我說，「那是我們的納查奇話，青少年說的，先生。」接著他去廚房洗碗，留下我身穿借來的睡衣拖鞋，等待別人所安排的事情在我身上發生，因為自己已經沒有主張了，弟兄們哪。

偉大的F．亞歷山大還在廚房，門口便傳來丁零丁零聲。「噯，」他喊道，擦著手出來了，「是那些人吧，我去。」他去應門，放他們進來，走道上一陣喧鬧的打哈哈聲，哈囉，天氣糟糕，情況如何，然後他們進了有壁爐、有書籍和有我的控訴在內的文章的房間，來看望我，一見到我便「啊」一個不停。共有三個人，F．亞歷克斯把他們的名字告訴了我。Z．多林是個喘息得厲害的菸鬼，嘴巴上叼著菸頭咳咳咳不停，菸灰噴了一身，他立刻用手不耐煩地撣去。他是個矮胖子，戴著寬邊大眼鏡。還有一個某．某．魯賓斯坦，高個兒，彬彬有禮，道道地地的紳士口吻，很老了，留著蛋圓形山羊鬍子。最後是D·B·達·席爾瓦，他動作快捷，身上發出濃烈的香水氣味。他們喜出望外地看了我一陣，對所見所聞感到喜出望外。多林說：

「好啦，好啦，這孩子可以成為絕佳的工具。他當然最好能顯得更加病態，更加難以理喻。一切都是為了效果嘛。我們無疑會想到辦法的。」

我不喜歡難以理喻的說法，弟兄們，所以我說：「幹什麼呀，弟兄們？你們到底要為年輕的哥兒們想些什麼花樣呢？」此時，F·亞歷山大突然插話道：

「奇怪，奇怪，那說話聲刺扎著我。我們以前接觸過，我確信無疑。」他凝眉沉思著。我得小心注意了，弟兄們哪。達·席爾瓦說：

「主要是開群眾大會。在群眾大會上展示你，效果肯定非同小可。當然，報紙的觀點統統都聯合了。切入點是就此毀滅的一生。我們必須喚起民心。」他露出三十顆牙齒，黑臉白牙，看上去像老外。我說：

「沒有人告訴我，我從中有什麼收穫。在監獄裡備受折磨，還被自己父母和骯髒傲慢的房客趕出家門，遭到老頭的毒打，被條子打個半死——我的結局會如何？」魯賓斯坦說：

「孩子，你會看到，黨是不會過河拆橋的。不會的。一切結束後，你會得到一點點讓你驚喜笑納的東西的。等著瞧吧。」

「我只有一個要求，」我大喊，「那就是要跟從前一樣，一切恢復正常健康，與真正的哥兒們來點小樂趣，而不是與自稱是哥兒們的人廝混，他們骨子裡更加像叛徒。你們能做到嗎？有誰能恢復以前的我？這就是我的要求，這就是我要知道的。」

咳咳咳，多林咳道。「自由事業的烈士啊，」他說。「你有要扮演的角色，別忘了。於此同時，我們會照料好你的。」他開始撫摸我的左手，就像我是白癡，同時露齒傻笑。我大喊：

「不准把我當做可以憑空使用的東西。我不是供你們糊弄的白癡，你們這些愚笨的雜種。普通的囚徒很愚笨，可我並不普通，並不是笨傢伙丁姆。聽見了嗎？」

「笨傢伙丁姆，」F．亞歷山大若有所思地說。「笨傢伙丁姆。是哪裡的名字呢？丁姆。」

「嗯？」我問。「丁姆跟這有什麼關係呢？你知道丁姆什麼東西呢？」接著我說：「上帝保佑我們啊。」我不喜歡F．亞歷山大的眼神。我衝向房門，準備上樓拿布拉提一走了之。

「我幾乎可以相信，」F．亞歷山大露出污損的牙齒，眼神瘋狂了。「但這種事情是不可能的。基督做證，如果是的，我就撕了他。上帝呀，我會撕開他，對對，我會的。」

「好啦，」達．席爾瓦像安慰小狗一樣撫摸他的胸脯。「都是過去的事啦，完全不搭界的人。我們必須幫助這個可憐的受害人。這是刻不容緩的事情，要記住『未來』，記住我們的事業。」

「我去拿我的布拉提，」我站在樓梯底說，「也就是衣服，然後獨自離開。我是說，十分感謝大家，但我有自己的人生道路。」弟兄們，我非得火速離開此地不可。但多林說：

「啊，不要走。朋友，我們有了你，就要留住你。你跟著我們，一切都會好的，你看著吧。」他跑上來抓住我的手。弟兄們，此刻我想到了打鬥，但想到打鬥會使我癱倒、噁心，所以我光站著。隨後，我看見F．亞歷山大眼光中的瘋狂，便說：

「隨你怎麼說吧，我在你們手裡呢。我們馬上開始吧，速戰速決，弟兄們。」我現在的打算是，盡快離開所謂的「家」這個地方。我開始一點也不喜歡F．亞歷山大的目光了。

「好的，」魯賓斯坦說。「穿好衣服，我們馬上開始。」

「丁姆笨傢伙笨傢伙，」Ｆ・亞歷山大低聲嘟噥著。「丁姆是誰？丁姆是幹什麼的？」我迅速地跑上樓，兩秒鐘就穿戴好了。然後我跟著這三個人出去，上了汽車。魯賓斯坦坐在我的一邊，多林咳咳咳坐在另一邊，達・席爾瓦開車，進城來到離我原來的家不遠的公寓樓群。「孩子，出來吧，」多林說，咳嗽使他嘴上叼的菸蒂像小火爐一樣燒得紅紅的。「你就住在這裡。」我們走進去，門廳牆上又是一幅「勞動尊嚴」，我們乘電梯上去，進入一層公寓，就像城裡所有公寓樓的所有公寓一樣。很小很小，有兩個臥室和一間起居吃飯工作室，桌上放滿了書本、紙張、墨水、瓶子之類。「這是你的新家，」達・席爾瓦說。「住下吧，孩子。吃的東西在食品櫃裡，睡衣在抽屜裡。休息，休息，不安的心靈。」

「啊？」我說，不大理解這一切。

「好吧，」魯實斯坦衰老的聲音說。「我們要離開你了。有工作必須去做。我們以後再來陪你。盡量忙你的吧。」

「有件事，」多林咳嗽道。「你看到我們的亞歷山大朋友記憶裡的折磨。是不是，萬一——？也就是說，你有沒有？我想你知道我的意思。我們不會散播出去的。」

「我已經付出了，」我說。「上帝知道我為自己的行為付出了代價。不僅為自己的行為，而且代替那些自稱為哥兒們的雜種。」我感到了暴力，所以一陣噁心。「我要躺一下，」我說。「我經歷了可怕可怕的時光。」

「是啊，」達．席爾瓦說，露出了全部三十顆牙齒。「你躺下吧。」

他們離我而去了，弟兄們。他們去幹自己的事了，我想是關於政治之類的廢話吧。我躺在床上，孤零零的，一切是那麼靜悄悄。我踢掉了鞋子，鬆開領帶，一片迷茫，不知道前途是什麼樣子。格利佛裡掠過各種各樣的圖片，是在學校和國家監獄裡所遇到的各色人等，還有所發生的各種事情；在茫茫大千世界之中，沒有一個人是可以信賴的。隨後我就迷迷糊糊地打起瞌睡了。

我醒來時，可以聽到牆上傳出音樂聲，非常響亮，是它把我拖出了那點點瞌睡。那是我十分熟悉的交響樂，已經好幾年沒有欣賞過了。它是丹麥人奧托．斯卡德里克的《第三號交響曲》，是響亮狂熱的作品，特別是第一樂章，正在放的就是這一章。我興致勃勃、快樂地聽了兩秒鐘，接著疼痛和噁心排山倒海地壓過來，我的肚子深處開始呻吟。就這樣，當初這麼熱愛音樂的我爬下了床，一邊哎喲哎喲地喊叫，接著碰碰碰地敲牆，一邊喊道：「停，停，關掉！」但音樂照放不誤，而且顯得更響亮了。我向牆上擊拳，直到骨節全都是鮮血和撕脫的皮，喊叫喊叫啊，但音樂沒有停止。然後我想，我得逃出去，於是踉踉蹌蹌地出了小臥室，衝向公寓的前門，但門反鎖上了，根本出不去。於此同時，音樂愈來愈響亮，好像有意折磨我似的，弟兄們哪。於是，我把手指深深地插入耳朵，可是長號和銅鼓聲透過手指還是很響。我再次喊叫，讓他們停止，捶打著牆壁，但毫無作用。「哎喲，我怎麼辦呢？」我獨自哭泣著。「上帝保佑我吧。」我疼痛而噁心地在整間公寓中摸索，試圖把音樂關掉，呻吟似乎發自腹中深處。此刻，在起居室桌上的那堆書本和紙張上面，我發現了自己不得不做的事情，即圖書館裡的老頭們、假扮成警察的丁姆和比利仔設計我做成的事情，也就是幹掉自己，一死了之，永遠離開這邪惡凶殘的世界。我看到一份傳單封面有「死」字，儘管是「政府去死吧」。就像命中注定的一樣，另一份小傳單的封面有一扇打開的窗戶，說：「打開窗戶放進新鮮空氣、新觀念和新鮮的生活方式。」我知道了，它告訴我，跳窗可以結束一切。也許會有一時的疼痛，然後是永遠永遠永遠的長眠。

音樂仍在透過牆壁，把銅管樂、鼓樂、小提琴從數哩外倒進來。我臥室的窗戶打開著，走近一看，發現與下面的汽車、行人距離很遠。我向世界喊道：「再見，再見，願上帝原諒你們毀掉了一個生命。」我爬上窗台，音樂在左邊轟鳴；我閉上眼睛，面孔感覺到冷風，於是我跳了下去。

6

我跳下去了，弟兄們哪，重重地跌在人行道上，但我並沒有死，沒有啊。假如死了，我也就不會在這裡寫這本書了。似乎我跳的高度尚不足以致命，但我摔破了背脊、手腕和胸骨，感到疼極了，此後才昏了過去；街上大驚失色的面孔從上面看著我。在我昏死過去之前，我清楚地發現，這討厭的世界上沒有一個人是同情我的；透牆的音樂就好像是那些像新哥兒們的人蓄意預謀的，他們正需要用這類事情為其自私、誇大的政治服務呢。這一切都發生在億萬分之一分鐘的瞬間，然後我就拋卻了世界、天空，拋卻了上面盯著我的面孔。

經過又長又黑暗的恍若百萬年的間隔，我醒來的地方是醫院，一片白色，醫院的氣味酸溜溜而整潔。醫院的消毒劑本該帶有好的氣味，比如油蔥啦，香花啦。我十分緩慢地意識到自己是誰，綁紮著白色繃帶，身體什麼感覺也沒有，疼痛啦，知覺啦，一概沒有。我的格利佛包紮著繃帶，臉上黏著一些敷料，雙手也是包紮著，指頭上綑著棍子，就像花草樹木用木棍綁著防止長歪；我可憐的雙腳也綑直了，反正是一團繃帶、鐵絲網啦，右臂近肩處有鮮血從一個倒過來的瓶子滴下。但我沒什麼感覺，弟兄們哪。床邊坐著一名護士，她在看書，文字很模糊，可以看出是小說，因為有好多的引號，她看的時候呼吸侷促，呃呃呃，想必是關於性交抽送之類的故事吧。這位護士是個挺不錯的姑娘，紅紅的嘴巴，長長的睫毛，筆挺的制服內高聳的乳峰隱約可見。我對她說：「怎麼啦，小妹妹呀？過來到床上和小哥兒們好好躺一會兒吧。」話說得一點也不清楚，好似嘴巴都僵化了，我用舌頭一舔，發現某些牙齒已不復存在了。這護士跳起來，把書掉到了地上，說：

「噢，你恢復知覺了。」

對這樣的小妞講粗話，實在難為她了，我想這樣對她說明，但只說出了呃呃呃。她走開了，讓我獨自一人待著。我發現自己住單人病房，不像小時候住的長病房，四周全是咳嗽不停、垂死的老頭，逼著你快些痊癒。我當年得的好像是白喉吧，弟兄們哪。

我似乎無法長久保持清醒，轉眼又昏昏睡去了；但一兩分鐘之後，我肯定女護士回來了，還帶來了幾個白大褂，他們皺著眉頭看我，對敘事者敝人哃哃哃的。我斷定他們旁邊還有國家監獄那個牧師在說：「我的孩子喲，孩子，」他向我噴出陳腐的酒氣，然後說：「我不願久留，不不，絕不能贊同那些雜種對其他囚徒採取同樣的措施。所以我出來，就此進行佈道，我的主耶穌基督。」

後來，我再次醒來，圍著床鋪站著的人，除了跳樓地點的三個房東又有誰呢，他們名叫D．B．達．席爾瓦、某．某．魯賓斯坦、Z．多林。「朋友，」其中一個人在說話，但聽不清、看不見是哪一個，「朋友，小朋友，老百姓已經義憤填膺，你已經排除了這些可怕的炫耀的壞蛋的連選連任機會。他們要走了，永遠永遠地走了。你為自由事業立了大功。」我想說：

「假如我死掉了，對你們這些政治雜種就更好了，是不是?!你們這些假惺惺的叛變哥兒們。」但說出來的只有呃呃呃。其中一個人好像拿出很多剪報，只見上面有我血淋淋地躺在擔架上被抬走的照片，我依稀記得當時燈光閃亮，想必是有人拍照吧。我一隻眼睛看到了拿在那人手裡瑟瑟抖動的大標題，比如「罪犯改造計畫的受害孩子」、「政府是殺人犯」，還有一幅十分熟悉的照片，標題是「出去出去出去」，是內政部長，即差勁部長。女護士說：

「不該這麼刺激他的，不能這樣使他不安。好啦，可以出去了。」我想說：

「出去出去出去，」發出的卻又是呃呃呃的聲音。反正三個政客走了。我也走了，只是回到了幻境，回到一團漆黑之中，由似夢非夢的怪夢所照亮，弟兄們哪。比如說，我感悟到整個身體放出貌似髒水的東西，然後再注入淨水。接著是黃粱美夢，我駕著偷來的汽車，獨自闖蕩世界，撞翻人群，聽見他們喊叫說要死了，而我沒有疼痛和噁心感。我還夢到與小妞性交，把她們摁倒在地，強迫其就範，大家在旁邊拚命拍手稱快。接著我醒來，是P和M來看住院的兒子，M呼天搶地的。我現在可以稍微說話了：

「嗬嗬嗬嗬，怎麼了？你們怎麼認為自己是受歡迎的？」爸爸羞愧地說：「你上了報紙啦，兒子。報紙說，他們大大虐待了你。報紙說，政府逼迫你自殺未遂。我們也有錯的，有幾分。你的家畢竟是你的家，不管你說了什麼，做了什麼。」媽媽不停地嚎啕著，樣子要多難看有多難看。我說：

「你們的新兒子喬好嗎？健康快樂、順利發達吧，但願如此。」媽媽說：

「哎喲，亞歷克斯，亞歷克斯。嗚嗚——。」爸爸說：

「真讓人難為情，兒子。他給警察惹了點麻煩，被他們打了一頓。」

「真的？」我說。「真的？實足的好人哪。我真是大吃一驚啊，說真的。」

「他是安分守己的，」P說。「警察說不准在街上停留，而他在一個拐角等待與女孩約會。他們叫他繼續走路，他說他也擁有人身權利的，然後他們撲向他，狠狠揍他。」

「可怕，」我說。「真可怕。那可憐的孩子現在在哪兒啦？」

「嗚——，」媽媽哭泣著。「回家去了——嗚——。」

「對，」爸爸說。「他回到自己的家鄉去養傷了。他們不得不把他的工作給了別人。」「所以，」我說，「你們願意讓我搬回去住，跟以前一模一樣。」

「對的，兒子，」爸爸說。「求你了，兒子。」

「我考慮考慮，」我說。「我會仔細考慮的。」

「嗚——」媽媽說。

「啊，閉嘴，」我說，「否則我會讓你好好呼號一番的。我會踢掉你的牙齒。」弟兄們哪，說完這個我感覺舒服多了，好像新鮮的紅色血液流遍全身。這事情我得盤算一下的，就好比置之死地而後生。

「不能這樣跟你媽說話的，兒子，」爸爸說。「畢竟是她把你帶到世上來的。」

「對，」我說，「而且是又髒又臭的世界呢。」我痛苦地閉上眼睛說：「走開吧。我會盤算回家的事。但情況得徹底變樣嘍。」

「好的，兒子，」P說。「聽你的。」

「你們要痛下決心，」我說，「誰說了算。」

「嗚——」媽媽繼續哭泣。

「很好，兒子。」爸爸說。「一切隨你的便，只要好就是。」

他們走掉後，我躺著思考。各種頭緒紛繁的事情就像不同的畫面掠過格利佛。女護士回來了，她把床單拉平。我對她說：

「我住院多久了？」

「一週左右，」她說。

「他們對我做了什麼？」

「呃，」她說，「你遍體鱗傷，嚴重腦震盪，大量失血。他們不得不搶救的，是不是？」

「可是，」我說，「有人整治我的格利佛了嗎？我的意思是，他們有沒有處理我的大腦內部？」

「不管他們做什麼，」她說，「都是與人為善的。」

幾天後，來了幾個大夫，都是笑咪咪的年輕人，還帶來一本畫冊。一個大夫說：「我們要你看看這些，並談談你的看法。好嗎？」

「怎麼啦，小哥兒們哪？」我問。「你們又想出什麼瘋狂新主意了？」他倆尷尬地笑笑，在床鋪兩邊坐下，並打開畫冊。第一頁上是堆滿鳥蛋的鳥窩照片。

「什麼？」一個大夫問。

「鳥窩，」我說，「堆滿了鳥蛋。很好很好。」

「你打算怎麼對待它呢?」另一個問。

「哦,」我說,「搗碎它。全部拿起來,扔向牆壁啊、山崖啊什麼的,看鳥蛋都打破有多暢快。」

「好好,」他倆都說,然後翻過書頁。上面好像是一些被稱為孔雀的大鳥,絢麗的尾巴炫耀地張開來。「什麼?」一個大夫問。

「我想,」我說,「拔掉所有這些尾巴羽毛,聽牠大聲慘叫。誰讓牠炫耀的。」

「好,」他倆說,「好好好。」他們繼續翻書,有絕代佳人的圖片,我說我想與她們統統性交性交,外加大量的超級暴力。還有靴子踢面孔的圖片,到處是紅血,我說我願參與其間。有牧師推薦的打赤膊老頭哥兒門的圖片,他背著十字架上山,我說我願意拿榔頭釘子伺候。好好好。我說:

「這都是幹什麼?」

「深度睡眠教學法,」其中一個人好像用了這個名詞。「你好像已經治癒了。」

「治癒了?」我問。「我這樣被綁紮著綑在床上,你卻說治癒了?我說是拍馬屁吧。」

「等著,」另一個說。「為時不久了。」

我等著,弟兄們哪,我已經好多了,可以大嚼雞蛋和吐司,喝大杯的奶茶。

有一天，他們說我將有一個非常非常非常特別的客人。

「誰？」我問，他們在為我整理床鋪，梳理光亮的頭髮。我格利佛上的繃帶已經拆掉，頭髮開始留長。

「你會看到的，會看到的，」他們說。我真的看到了。下午兩點半，來了攝影師和報社記者，帶著筆記本、鉛筆等等。弟兄們，他們為了這位要員來看望敘事者敝人，真是大張旗鼓啊。他來了，當然還是那位內政部長，即差勁部長嘍，穿著時髦，嗬嗬嗬的嗓音純粹是上等人的。他伸出手來握住我的手，照相機喀嚓喀嚓響著。我說：

「嗬嗬嗬嗬。怎麼啦，老哥兒們？」大家似乎沒有聽懂，但有人粗暴地提醒我說：

「對部長說話要恭敬些，孩子。」

「卵袋，」我像小狗一樣嗥叫。「去你媽的大卵袋。」

「好吧，好吧，」內政差勁者快速地說。「他以朋友的身分跟我說話，是不是，孩子？」

「我是大家的朋友，」我說。「除了敵人。」

「誰是敵人呢？」部長說，所有的記者沙沙沙地記錄。「告訴我們，孩子。」

「所有虐待我的人，」我說，「就是敵人。」

「好，」差勁部長說著，在我床邊坐下。「我和我參與的政府要你把我們當朋友。對，朋友。我們把你糾正過來了，對吧？你得到了最好的治療。我們從來不想害你呀，但也有人一而再再而三地傷害你。我想你知道是誰吧。」

「對對對，」他說。「有人想利用你，對，利用你達到政治目的。他們高興，對，高興你死掉，因為他們以為，那樣可以怪罪於政府。我想你知道這些人是誰吧。」

「有個人，」差勁部長說，「名叫F．亞歷山大的，專寫顛覆性文章，他叫囂著要喝你的鮮血。他狂熱地想要刺你一刀，但你現在的安全得到了保證，我把他送走了。」

「他假裝是我的哥兒們，」我說。「當初對我就像是母親一般。」「他發現你虐待過他。至少他認為，」部長快速地說，「你虐待過他。他腦袋裡形成了這個觀念，說你造成了他某個至愛親人的死亡。」

「你是說，」我說，「有人告訴他的。」

「他懷有這個觀念，」部長說。「他是個討厭鬼。我們送他走，是為了保護他。還有，為了保護你。」

「好心，」我說。「你真好心。」

「你出院以後，」部長說，「什麼都不必顧慮了。我們會把一切都安排好的。好工作，高薪水。因為你在幫助我們呢。」

「是嗎？」我問。

「我們始終會幫助朋友的，是不是？」他抓住我的手，有人喊道：「笑！」我不假思索地拚命笑，喀嚓喀嚓啪啪，拍了我和差勁部長友好相處的照片。「好孩子，」大人物說。「好孩子。看，有禮物。」

拿進來的是一個亮晶晶的盒子，我看清了它是什麼東西。是一台音響。它被搬到床邊，打開，有人把電源線插入牆上的插頭。「放什麼呢？」鼻梁上架眼鏡的人間，手裡捧著各種亮晶晶的唱片套子。「莫札特？貝多芬？勳伯格？卡爾·奧福？」

「《第九號交響曲》，」我說。「光輝的第九號。」

真是《第九號交響曲》，弟兄們哪。大家開始悄悄離去，我閉上眼睛躺著，聆聽著可愛的音樂。部長說：「好孩子，」他拍拍我的肩膀，然後離開了。只有一個人留下了，說：「請在這裡簽名。」我睜開眼睛簽名，不知道在簽什麼，而且，弟兄們哪，我根本不在乎。隨後就讓我一個人獨享光輝的貝多芬《第九號交響曲》了。

啊，真是美不勝收，呀姆呀姆呀姆。到了諧謔曲部分，我可以清晰地看到自己跑啊跑啊，提著輕巧而神祕的雙腿，用長柄剃刀雕刻著嚎叫的世界的整張面孔。還有那慢節奏樂章，可愛的最後合唱樂章準備出來呢。

我真的痊癒了。

7

「接下來要玩什麼花樣呢？」

一夥人裡面有我，敘事者敝人，另有三個哥兒們，分別是楞恩、里克和布力[2]。布力的名字引申自他的粗脖子和大嗓門，就像大公牛受驚了哇啦哇啦哇啦大叫。大家正坐在柯羅瓦奶品店裡，議論著今晚究竟要幹些什麼？這是個既陰冷又昏暗的冬日，陰沉沉地，討厭透了；幸虧沒下雨。奶品店裡面全是人，喝足了攙上速勝、合成丸、漫色等迷幻藥的牛奶；它可以引領人們遠走高飛，擺脫這邪

2 布力（Bully），英語的意思是以大欺小，其詞根有公牛的意思。

惡的現實世界，進入幻境，觀賞你的左腳靴子內所呈現的上帝和祂的天使、聖徒，頭腦中處處有燈泡炸開迸發。我們所喝的呢，是「牛奶泡刀」，這種叫法是我們想出來的，它能使人心智敏銳，為搞骯髒的二十比一做好準備，但這故事我已經跟你們講過了。

我們穿著時髦的服裝，當時時興大腳褲，鬆垮的黑亮皮大衣，翻領襯衫內塞著領巾，還時興用長柄剃刀刨格利佛，大半個格利佛剃得光禿禿的，只有兩邊才留些頭髮。不過，腳上還是老套，大靴子非常爽快，踢起面孔來可會痛進去一塊的。

「接下來要玩什麼花樣呢？」

四個人中數我年紀最大，他們都擁我做頭兒，但有時我想，布力的格利佛中盤算著取我而代之，因為他個子大，嗓門大，打起群架來吶喊聲哇哇哇的。但所有的計策都是敝人拿主意，弟兄們哪，還有一件事，我知名度高，照片和文章等等見過報，而且四個人之中我的工作最棒，如今在國家唱片檔案館的音樂部工作，週末發工資時漂亮的口袋裡裝滿了花票子，外加大批的免費唱片，供自己欣賞之用。

當晚，柯羅瓦奶品店裡有不少的男女老少，嘻嘻哈哈，喝酒飲奶；可以聽到音響放出的流行歌曲，是耐德．阿奇莫塔演唱的〈那一天，對，那一天〉，這打斷了人們的交談，蓋過了入幻境者的滔滔不絕，「戈戈掉入蟲蟲噴霧滿尖屠球」之類。櫃檯邊有三個穿著入時的納查奇姑娘，長頭髮沒有梳齊，卻染成白色，假乳峰聳起一公尺多高，非常非常緊的短裙裡面襯著白色泡泡紗；布力不停地說：「嗨，我們可以進去的，我們三個人。楞恩反正沒興趣，讓他一個人與上帝做伴吧。」而楞恩不停地嚷：「卵袋卵袋。人人為我，我為人人的精神哪去啦，小子？」突然，我感到既疲憊不堪，又精力旺盛，躍躍欲試，我說：

「出去出去出去。」

「去哪裡？」里克問，他的臉孔活像青蛙。

「哎，就出去看看偉大的外邊有什麼動靜，」我說。可是，弟兄們哪，我感到非常厭煩，有點絕望，這些日子我常常這樣感覺的。於是，我轉向旁邊坐著的一個傢伙；這裡整個地方都團擺著這種寬大的豪華座位，這傢伙已經爛醉如泥，在念念有詞地嘮叨，我迅速地啪啪啪揍了他的肚皮。可是，弟兄們，他絲毫不覺得，只是念念有詞：「車車德行，頂尾巴爆玉米花到底在哪裡？」我們隨後跑出門，融入冬夜暮色之中。

我們沿著瑪甘尼塔大道走一程，那裡沒有條子在巡邏。看到一個老頭從報亭買報紙出來，我就對布力說：「好吧，布力仔，想幹就幹吧。」這些日子，我愈來愈專注於發號施令，隨後退到一邊觀看執行。於是，布力揍得他呃呃呃，另外兩個則絆倒他，踢蹬他，大笑著看他倒下，由他顧自抽泣著，爬回到自己的寓所。布力說：

「喝一杯好的擋擋寒怎麼樣，亞歷克斯哪？」我們離紐約公爵店已經不遠了。另外兩個人點頭說好好好，但大家看看我，看看可不可以。我也點點頭，我們便過去了。雅室內坐著那些癟嘴老太婆，也就是小說開頭時出現的老太婆們，她們隨即開始呢喃：「晚上好，小伙子們，上帝保佑你們，天底下最好的孩子，沒錯，」並等待我們說「接下來要玩什麼花樣，姑娘們？」布力一按鈴，服務生進來了，在油膩膩的圍裙上擦著手。「葉子放在桌子上，弟兄們，」布力邊說邊把自己的錢叮叮噹噹地堆在桌上。「我們點蘇格蘭威士忌，老太婆們老花樣，好嗎？」我說：

「見鬼去吧，讓她們自己買。」不知怎麼，近日來我變得十分小氣，格利佛裡冒出了把花票子統統留給自己的欲望，囤積在那兒預防什麼。布力問：

「怎麼啦，兄弟？亞歷克斯出什麼事啦？」

「見鬼去吧，」我說。「不知道。不知道。是這樣的，我不喜歡把辛辛苦苦賺來的花票子揮霍掉，就這樣。」

「賺來的？」里克說。「賺來的？不必去賺吧，你是知道的，哥兒們。取來的，就這樣，取來的，對吧。」他大笑，我看見他有一兩顆牙齒不怎麼的。

「啊，」我說，「讓我想想。」但看見這些老太婆眼巴巴地等白食吃，我聳聳肩，從褲兜裡拿出自己的葉子，鈔票和硬幣混在一起，嘩啦啦地擲在桌上。

「每人一客蘇格蘭威士忌，好，」服務生說。不知怎麼，我說：

「不，服務生，我只要一客小杯啤酒，對。」楞恩說：

「我可不吃這一套，」他開玩笑地伸手摸摸我的格利佛，彷彿我頭腦發熱，但我像狗一樣咆哮著，讓他快快住手。「好吧，好吧，哥兒們，」他說。「聽你的。」但布力張大嘴巴，盯著我掏錢時從褲兜裡帶出來的東西。他說：「哦哦哦，我們倒不知道。」

「把東西給我，」我咆哮著把它奪過來。弟兄們，我無法解釋它是怎麼夾到那裡去的，那是報紙上剪下來的，嬰兒的照片。嬰兒格格笑著，口邊滴著牛奶，仰頭對著眾人笑，光屁股，胖乎乎的，肉團緊挨著肉團。大家嗨嗨嗨地搶奪我的剪報，我只得反覆向他們咆哮，抓過紙片來撕得粉碎，如雪片般撒落到地上。威士忌端來了，老太婆們說：「祝你們健康，小伙子們，上帝保佑你們，孩子們，天底下最好的孩子，沒錯，」如此等等。其中一個癟嘴沒牙、滿臉皺紋的說：「孩子，不要撕鈔票。如果不需要，可以送給需要的人。」真是臉皮太厚。布力說：

「那不是鈔票，老太太哪。那是小不溜丟的寶寶的照片。」我說：

「我有點累了，是的。你們才是寶寶呢，全部都是。嘲諷、取笑，你們就會笑嘻嘻地、懦夫般地推搡不會還手的人。」布力說：

「好啦，我們總以為你是那些事的領頭，而且是教唆犯。不好，這就是你的麻煩所在，哥兒們。」

我看著面前這杯淡啤酒，覺得真想嘔吐，我「啊啊啊啊」的一聲，把一肚子臭泡沫吐了一地。一個老太婆說：

「勤儉節約，吃穿不缺。」我說：

「嘿，哥兒們。聽著。今晚我就是沒有情緒。不知道為什麼，是怎麼回事，可事情就是這樣。今晚你們三個就自由活動吧，不要算上我。明天老時間老地點見面，我希望會好起來的。」

「哎，」布力說，「我真的很遺憾。」可以看出，他的眼睛發亮，因為今晚他可以掌舵了。權力權力，人人都要權力。「我們心裡的打算，」布力說：「可以延到明天的。這打算嘛，也就是闖進加林街的商店。好好幹一把啊，哥兒們，撈一票。」

「不，」我說，「什麼也不要延遲，可以自搞一套嘛。好了，我走了。」我從椅子上站起來。

「去哪兒呢？」里克問。

「那就自己也不知道了，」我說。「我只想獨自一人，理理頭緒。」老太婆們見我就這樣出去，感到十分納悶；我一副心事重重的樣子，不像從前那樣樂呵呵的。可是我說著：「啊，見鬼，見鬼，」便獨自一人衝到了街上。

天色很黑，刀割般的寒風愈颳愈猛，四周的行人很少很少。巡邏警車載著凶神惡煞般的條子開來開去游弋，不時可見三兩個稚嫩的警察在街角處跺腳取暖，在寒風中噴著熱氣，弟兄們哪。我想，如今條子對抓獲的人極盡折磨之能事，大概大部分的超級暴力和燒殺搶掠已經銷聲匿跡了吧，其實，現在的形勢成了調皮搗蛋的納查奇和不失時機舞刀弄棍、乃至拔槍相向的條子之間的械鬥。而這些天困擾我的問題在於，我已經什麼也不在乎了。彷彿某種溫柔之氣侵入了體內，而我卻不懂得為什麼。當時，我不知道自己到底想要什麼。連喜歡躲進小室聆聽的樂曲，也屬於以前會恥笑的曲目，弟兄們。我現在更喜歡聽小小的浪漫歌曲，即所謂的「德國抒情歌曲」，是鋼琴伴唱的，很恬靜，很有思慕情調；而不是從前那樣全是大樂隊，身體躺倒在床上，夾在小提琴、長號、銅鼓之間。我的體內正在發生蛻變，我不知道那是病變，還是他們那次在我身上注入的東西在顛覆我的格利佛呢？說不定它在逼我走向瘋狂呢。

我一邊思索著這些，一邊低著頭在城裡瞎逛，手嘛插在褲兜裡；弟兄們，我終於感到累了，並且極想喝一大杯奶茶。想到奶茶，我腦海中頓時浮現出自己坐在緊靠大火爐的扶手椅裡拚命喝茶的情景，有趣的、稀奇古怪的是，我顯得十分老邁，古稀老頭已經鬚髮皆白，且落腮鬍子是新留的。我看到自己成了老人，坐在火爐邊，接著該圖像隱去了。奇怪透了。

我來到一家茶和咖啡店；弟兄們，透過長長的櫥窗，只見裡面擠滿了無聊的人，普通老百姓，臉上毫無表情，一副逆來順受的樣子。他們毫無害人之心，都平靜地坐著閒聊，喝著無害的茶和咖啡。我進去了，來到櫃檯旁，替自己買了一杯熱氣騰騰的茶，並添加了大量的牛奶，然後坐到一張桌子邊去喝。同桌坐著一對年輕人，邊喝邊抽著過濾嘴致癌物，顧自小聲說笑著。我根本不理會他們，繼續喝茶，迷迷糊糊地思忖著，體內到底是什麼在蛻變，我究竟會發生什麼事。忽然，我發現同桌陪伴這位小伙子的姑娘十分姣好，不是那種誘人邪念、想要去放倒來性交一下的小妞，而是體態優雅、面容美麗、嘴帶微笑、頭髮金黃，諸如此類的廢話。旁邊的小伙子呢，格利佛上戴了帽子，臉沒有對著我。他轉身來看牆上的大鐘，我這才看清他是誰，他也看到了我是誰。他是彼得，就是當初的三個哥兒們之一，那時候的四個人分別是喬治、丁姆、他和我。彼得已經老多了，儘管他只有十九歲多一點。他留著小鬍子，身穿普通的白天服裝，還戴了這頂帽子。我說：

「嗨嗨嗨，哥兒們，怎麼了？好久好久不見。」他說：

「那可不是小亞歷克斯嗎？」

「正是，」我說。「從那些陰沉的、逝去的好日子以來，又過了很長很長很長的時間。據說可憐的喬治已經入土，老丁姆成了窮凶極惡的條了，在這裡的是你和我。你有什麼消息呀，老哥兒們？」

「他說話是不是很有趣啊？」這姑娘格格笑著說。

「這位，」彼得告訴姑娘，「是老朋友啦，名叫亞歷克斯。請允許我介紹我太太。」

我的嘴張得大大的。「太太？」我瞠目結舌。「太太太太太？啊，不可能吧。你年紀那麼小，不會結婚的吧，哥兒們？不可能不可能。」

這位號稱彼得太太（不可能不可能）的姑娘又笑了，問彼得：「你曾經也是這樣說話的嗎？」

「哦，」彼得笑笑說。「我快二十啦。這個年紀成親有何不可？已經兩個月了。你很小，很早熟，記得吧。」

「哦，」我張口結舌。「我實在是轉不過彎來啊，老哥兒們。彼得結婚了。嗨嗨嗨。」

「我們有個小公寓，」彼得說。「我在國家海上保險公司工作，微薄的薪資，但情況會好起來的，這點我知道。這位喬治娜——」

「叫什麼名字來著？」我問，依然瘋狂地張大嘴。彼得的太太（太太，弟兄們）又笑了。

「喬治娜，」彼得說。「喬治娜也有工作的。打字，知道不？我們湊合著過，湊合著過。」弟兄們，我實在沒法不盯著他看啊。他現在長大了，嗓音什麼的也老成了。「改天，」彼得說，「一定要來玩啊。儘管你已經飽經風霜，看起來還很年輕呢。對對對，我們看報後都知道了，當然，你現在仍然很年輕的。」

「十八啦，」我說，「剛剛過生日。」

「是十八嗎？」彼得說。「樣子差不多吧。嗬嗬嗬。哦，我們得走了。」他深情地看了一眼他的喬治娜，雙手抓著她的一隻手，而她回報以一個秋波，弟兄們哪。「對，」彼得又轉向我，「我們要去葛雷格家參加一個小小聚會。」

「葛雷格？」我問。

「噢，你當然不認識葛雷格的啊，」彼得說。「葛雷格在你後面。你走後，他便出現了；他喜歡搞小聚會，主要是酒杯交錯和填詞遊戲。但很好，很愉快的啊。沒有害的，你懂得我的意思吧？」

「對，」我說。「沒有害的。對對，我看那很爽快的。」這位喬治娜姑娘聽了我的話又笑了。隨後，他倆就去葛雷格家，管他是誰呢，參加臭填詞遊戲去了。就剩下我一個人喝奶茶，苦苦思索，茶都涼了。

也許就是它，我不斷地想。也許我年紀大了，不能再混以前那種生活了，弟兄們。我剛滿十八。十八可不小啦。沃夫岡·阿瑪迪斯十八歲就已經創作了協奏曲、交響曲、歌劇、神劇之類的垃圾，不，不是垃圾，是天籟。還有老孟德爾頌也是早早就創作了《仲夏夜之夢》序曲。以及其他的人。還有這位法國詩人，就是由英國的布里頓譜曲的那位，他十五歲就完成了全部的佳作，弟兄們哪。他的名字叫亞瑟吧。所以，十八歲不算那麼年輕的。但我怎麼辦呢？

我從這茶和咖啡店裡出來，在陰暗寒冷的要命街道上行走，眼簾中淨是幻影，就像報紙上的卡通畫。其中有敘事者敝人——亞歷克斯下班回家來享用熱氣騰騰的美味佳餚，還有這麼一位小姐親熱地迎上來，噓寒問暖。可是我無法看清她，弟兄們，想不出到底是誰。我突然間強烈地意識到，如果我移步走向這爐火溫暖、熱飯上桌的房間的隔壁，就能找到我真正追求的東西；此刻，剪報照片，巧遇老彼得，這一切都糾纏在了一起，亦真亦幻。而隔壁房間裡，嬰兒床上就躺著我兒子，咿啊啊地發聲。對對對，弟兄們，是我的兒子。我感到體內有這麼個大窟窿，連自己也驚奇不已。我知道發生什麼事啦，弟兄們哪。我是在長大啊。

對對對，就是這樣的。青春必須逝去，沒錯的。而青春呢，不過是動物習性的演繹而已。不，與其說是動物習性，不如說是街頭地攤販售的小玩具，是鐵皮製的洋娃娃，內裝彈簧，外邊有發條旋鈕，吱吱吱扭緊，洋娃娃就走起來了，弟兄們哪。可它是直線行走的，走著走著就砰砰砰地撞到東西了，這是不由自主的呀。年紀輕，就好比是這種小機器啊。

我兒子，我兒子，等我有了兒子，一旦他長大懂事了，就要把這一切告訴他。但我知道，他不會懂事的，或者壓根兒不願意去懂，一意孤行要去重蹈我的覆轍，直至殺害與貓群相依為命的可憐老太婆，我實在無法加以制止。而他呢，也無法制止他的兒子去作奸犯科。如此周而復始，直到世界末日。周而復始，就像某位巨人，就像（柯羅瓦奶品店所提供的）上帝本人，用巨手轉著一個又髒又臭的橘子。

當務之急，是尋找某位姑娘來做這兒子的母親。明天就得著手找，我不斷地想著。那是一項新任務，這是我要著手進行的，翻開新的篇章。

弟兄們，這就是我接下來要玩的花樣吧，於是，我的故事也就告一段落了。讀者已經跟著哥兒們小亞歷克斯四處奔跑，歷盡艱險，同時也看到了上帝創造的某些最最齷齪的雜種，都跟老哥兒們亞歷克斯過不去。一切的一切是因為我少不更事，太年輕。但在本書的故事結束時，弟兄們，我已經不再年輕了，絕不。亞歷克斯長大啦，沒錯。

可是我這次去的地方，弟兄們哪，是獨自一人的去處，不可能帶著你們的。明天充滿了香甜的花，它屬於旋轉的臭地球、星星，還有上面的月球，你們的老哥兒們亞歷克斯要獨自去找對象啦。諸如此類的廢話。真是可怕的骯髒臭世界，弟兄們哪。小哥兒們向你們告辭了。並向本書中所有的其他人發出深沉的唇樂噗噗噗。他們可以拍拍我的馬屁的。而你們，弟兄們哪，要不時惦記小亞歷克斯哥兒們啊。阿門。以及諸如此類的廢話。

國家圖書館出版品預行編目資料

發條橘子 / 安東尼. 伯吉斯 (Anthony Burgess) 著 ; 王之光譯. -- 三版. -- 臺北市 : 臉譜出版, 城邦文化事業股份有限公司出版 : 英屬蓋曼群島商家庭傳媒股份有限公司城邦分公司發行, 2024.09
面 ; 公分. -- (一本書系列 ; FB0006Y)
譯自 : A clockwork orange.
ISBN 978-626-315-533-6(平裝)
873.57 113009975